KB211232

포우 단편선

포우 단편선

저 자 애드가 앨런 포우

발행인 고본화

발 행 반석출판사

2011년 8월 20일 초판 3쇄 인쇄·발행

반석출판사 | **www.bansok.co.kr**

이메일 | **bansok@bansok.co.kr**

157-779 서울시 강서구 염창동 240-21 우림블루나인 비즈니스센터 B동 904호

대표전화 02) 2093-3399 **팩 스** 02) 2093-3393

출 판 부 02) 2093-3395 **영업부** 02) 2093-3396

등록번호 제 315-2008-000033호

Copyright ⓒ 애드가 앨런 포우

ISBN 978-89-7172-479-8 (03840)

값 5,000원

포우 단편선

애드가 앨런 포우 지음
이화승 옮김

Bansok

≫≫≫목 차

검은 고양이

검은 고양이

　내가 지금 쓰려고 하는 몹시 난폭하고 게다가 괴이한 이야기를 다른 사람에게 믿어 달라고 간청하거나 기대하지는 않는다. 내 오감(五感)조차도 증거를 거부하는 마당에 다른 사람이 믿어 주길 기대한다는 것은 정말 미친 짓이 될 것이다. 하지만 나는 미친 것도 아니고 또 꿈을 꾸는 것도 아니다.

　나는 내일 죽을 몸이다. 그래서 오늘 마음의 무거운 짐을 털어 버리고자 하는 것이다. 지금 나의 의도는 어떤 가정에서 일어난 단순한 일련의 사건을 솔직하고 간결하게, 구차한 설명은 빼버리고 세상 사람들에게 털어놓으려는 것이다. 결과적으로 이 사건들은 나에게 공포를 주고, 번민을 주고, 나를 파멸로 인도하고 말았다. 그러나 나는 그 까닭을 설명하고 싶지는 않다. 그 사건은 내게 오직 공포심을 주었지만, 다른 사람들에게는 공포심보다는 오히려 기이하게 비쳐질 것이다. 어쩌면 훗날 지혜로운 자가 나타나서, 내가 괴이하게 이야기하려는 환상적인 이 이상한 사건을 실로 평범한 인과관계의 연속에 불과한 하나의 일상사로 규정짓고 나의 환상을 깨뜨리게 될는지 모르겠다.

어릴 때부터 나는 눈에 띄게 온순하고 정이 많았다. 내 마음의 온화함이 매우 두드러져서 친구들의 놀림의 대상이 되었다. 내가 특히나 동물을 좋아했기 때문에 나를 귀여워하셨던 부모님이 여러 가지 애완동물을 나에게 사다 주었다. 나는 대부분의 시간을 동물들과 함께 보냈다. 애완동물들에게 먹을 것도 주고 쓰다듬어 주는 것보다 더 행복한 일은 결코 없었다. 이런 성격상의 특징들은 내가 커가면서 같이 자라났다. 어른이 되어서도 나의 주요한 기쁨의 원천은 애완동물이었다. 충직하고 현명한 개에 대해 애정을 품고 있는 사람에겐 애완동물로부터 얻는 만족감과 기쁨의 정도를 내가 굳이 애써 설명할 필요는 없을 것이다. 자기희생적이고 욕심 없는 동물에 대한 애정에는 뭔가가 있다. 이는 인간의 변변치 못한 우정과 경박한 충성과는 비교할 수 없는 사람의 마음으로 전해지는 사랑이다.

나는 일찍 결혼하였으며 아내의 성향이 나와 다르지 않다는 것을 알고 기뻐했다. 동물에 대한 나의 애정을 알고 나서부터 아내는 기회 있을 때마다 내가 가장 좋아할 만한 애완동물들을 사오기 시작했다. 여러 가지 새와 금붕어, 개, 토끼, 작은 원숭이, 그리고 고양이를 기르게 되었다.

고양이는 매우 크고 아름다웠으며 몸 전체가 검은 색이었는데 놀라울 만큼 영리했다. 어느 정도 미신의 영향을 받는 아내는 고대(古代)에 퍼져 있던 이야기를 꺼내어 검은 고양이는 원래 마녀의 변신이라고 자주 말하곤 했다. 내 아내가 여기에 대해 진지하게 받아들인 것은 아니었고 문득 생각나서 말하는 것뿐이었다.

플루토(고양이 이름) [그리스신화의 명부(冥府 죽은 후 심판을 받는 곳)의 신, 혹은 명왕성을 뜻하기도 함]는 내가 가장 좋아하는 애완동물이자 같이 노는 친구였다. 플루토에겐 나 혼자서 먹을 것을 주었으며 집안 어디를 가더라도 나를 따라다녔다. 거리에까지 나를 따라오지 못하게 하는 일은 쉽지 않았다.

이런 식으로 나와 고양이의 우정은 몇 년이나 계속되었다. 하지만 그동안 지나친 음주 때문에 나의 기질이나 성격이 – 고백하기에 부끄러운 일이지만 – 급격히 나빠지게 되었다. 날이 갈수록 우울해지고 짜증도 쉽게 내고, 또 남의 기분은 신경을 쓰지 않게 되었다. 아내에게 욕을 퍼붓는가 하면 심지어는 폭력까지 휘둘렀다. 당연히 애완동물들도 나의 이런 변화를 느끼게 되었다. 나는 귀여워하던 동물들을 방치하였을 뿐만 아니라 학대까지 하였다. 그러나 플루토에게만은 내가 학대하지 않을 만한 애정이 아직 남아 있었다. 하지만 토끼나 원숭이나 개가 우연히 혹은 반가워 내 앞에 서 있으면 가차 없이 학대를 가했다. 나의 병폐는 더 심해져서 – 알코올 중독과 같은 무서운 병이 또 있을까! – 결국 이제 늙고 가끔 심술을 부리는 플루토까지 학대하게 되었다.

어느 날 밤, 내가 마을 단골 술집에서 술에 흠뻑 취해 집으로 돌아왔는데 어쩐지 고양이가 나를 피하는 것처럼 느꼈다. 내가 고양이를 붙잡았는데 나의 난폭한 행동에 놀란 플루토가 이빨로 내 손에 가벼운 상처를 냈다. 그 순간 악마의 분노가 나를 사로잡았다. 나는 제정신이 아니었다. 원래의 내 영혼은 내 몸을 떠나고 술이 키워온 사악한 증오가 나의 온몸을 부르르 떨게 했다. 나는 조끼주머니에서 주머니칼을 꺼내어 불쌍한 고양이의 목을 움켜잡고 천천히 고양이의 한쪽 눈알을 도려냈다. 내가 저주 받을 이 잔혹한 짓을 적고 있는 동안 낯이 뜨겁게 타오르고 몸이 부르르 떨린다.

아침이 되어 이성이 돌아왔을 때, 즉 밤에 잠을 자며 어젯밤 폭음의 분노가 없어진 뒤에 내가 저지른 잘못된 범죄에 대해 반절의 공포와 반절의 후회를 느꼈다. 그러나 그것은 기껏해야 미약하고 애매한 감정이었고 내 영혼은 변하지 않은 그대로였다. 또다시 나는 여전히 하루하루를 폭음으로 보냈고 내가 저지른 짓에 관한 모든 기억을 술로 지워버렸다.

그동안 고양이는 천천히 회복해 갔다. 도려낸 눈은 정말 흉측한 모습이었으나 더 이상 통증을 느끼지는 않는 듯 보였다. 고양이는 전과 다름없이 집을 여기저기 돌아다녔다. 예상한 일이었지만 내가 다가가면 극도로 무서워하며 급히 도망쳐버렸다. 예전의 애정이 상당히 남아 있어서, 한때 나를 그렇게 좋아했던 고양이가 나를 싫어하는 것을 보고 처음에는 슬픈 심정이 들었다. 그러나 이런 감정은 곧 짜증으로 변해갔다. 마침내는 나를 최종적인 돌이킬 수 없는 파멸로 이끌려는 사악한 기운이 찾아왔다. 이러한 기운을 철학적으로 설명할 수는 없다. 그러나 나는 이것이 인간 내면의 원시적인 충동의 하나, 즉 인간의 특성에 방향을 제시해주는 불가분의 주요 기능 또는 감정의 하나라고 확신한다. 해서는 안 된다는 것을 알기 때문에 자기 자신이 남에게 악한 짓을 하고 바보스런 짓을 몇 백 번 되풀이하고 있음을 발견하지 않은 사람이 누가 있을까? 단지 우리가 그렇게 이해를 하고 있기 때문에 최선의 판단을 해볼 때 법을 위반하는 영속적인 경향을 우리가 가지고 있는 것은 아닌가? 그저 그것이 최선의 판단에 위배되는 것임을 알고 있기 때문에 그 올바른 판단을 배반하고 싶어지는 경향에 우리들은 늘 놓여 있는 것이 아닐까? 이러한 사악한 기운이 마침내 나의 마지막 파멸 단계에 찾아왔다. 죄 없는 고양이에게 저지른 상처가 절정에 달하도록 한 것은 내 마음속에 번민을 주고 나의 본성에 폭력을 가져오고 악을 위해 악을 범하려는 이 불가해한 욕구 때문이었던 것이다. 어느 날 아침, 나는 냉혹하게 고양이 목에 끈을 묶어 나뭇가지에 매달았다. 눈물을 흘리며 마음속에 가장 비통한 가책을 느끼면서 나는 고양이를 목매달아 죽였다. 고양이가 나를 사랑했다는 것을 알고 있었기 때문에, 고양이가 나에게 해를 가할 만한 아무런 이유가 없다고 느꼈기 때문에, 또 이렇게 하는 것이 죄를 짓는 것이라는 것을 알았기 때문에 고양이를 교살했다. 나의 영원한 영혼을 가장 자비롭고 가장 가공할 신의 자비심의 영역 밖으로 가져갈 – 그런 일이 있을 수 있다면– 정도로 큰 죄악을 저질렀던 것이다.

잔인한 짓을 저지른 그날 밤 나는 '불이야!' 하는 소리에 잠에서 깼다. 침실 커튼에 불이 붙어 있었고 집안 전체가 온통 불길에 휩싸여 있었다. 아내와 하녀 그리고 나는 가까스로 탈출하였다. 집은 하나도 남김없이 모두 타버렸다. 내 세속적인 재산은 모두 불길이 삼켜 버렸다. 그 후 나는 절망에 빠져 신음할 수밖에 없었다.

나는 이 재난과 나의 잔혹한 행위 사이의 어떤 인과관계를 따져 볼 만큼 약한 사람은 아니다. 그러나 어떤 있을 수 있는 관계를 불완전하게 내버려두고 싶지 않았고 단지 사실의 연속성을 자세히 기록하고 있을 뿐이다. 화재가 일어난 다음 날 나는 폐허로 변한 곳에 가 보았다.

벽들은 한쪽만 제외하고 모두 무너져 버렸다. 남아 있는 벽은 두껍지 않는데, 집의 중앙 그러니까 나의 침대 머리맡을 지탱하고 있던 벽이었다.

석회가 잘 타지 않아 불을 견뎌낸 것이다. 사실 내가 보기에 최근에 새로 발랐기 때문인 것 같았다. 이 벽에 많은 사람들이 모여 한 부분을 자세히 그리고 열심히 관찰하고 있는 듯 보였다. "이상하군." "신기하네."라는 말과 비슷한 다른 말들이 나의 호기심을 자극했다. 하얀 벽에 새겨 넣은 듯한 거대한 고양이의 상(像)이 나타나 있었다. 그것이 주는 인상은 놀라울 만큼 정확했다. 고양이의 목둘레에는 밧줄이 있었다.

 처음 이 유령 – 나는 그렇게 밖에 생각할 수 없었다 – 을 보았을 때 나의 경악과 공포는 엄청났다. 그러나 겨우 되돌아보며 마음을 가라앉혔다. 나는 집 근처 정원에 고양이를 목매달았던 일을 떠올렸다. '불이야!' 하는 고함소리를 듣자마자 사람들이 곧 몰려왔을 것이다. 그리고 누군가가 밧줄을 끊고 고양이를 내려와 열린 창으로 내 방에 던져 넣었음이 틀림없다. 아마도 나를 잠에서 깨우려고 그렇게 했을 것이다. 다른 쪽 벽들이 무너지는 바람에 내 잔인함의 희생자인 고양이가 최근 바른 회반죽에 압착되었다. 벽의 석회분과 화염과 고양이의 시체가 발산하는 암모니아분이 혼합되어 이러한 상(像)을 만들어 낸 것이다.

 이와 같이 내가 자세히 추리해 본 이 놀라운 사실에 대해 나의 이성에 납득시키려고 – 양심을 납득시키지는 못했다 – 했으나 역시 그것은 내 상상력에 대해선 심각한 인상을 남기지 않을 수 없었다. 그 후 여러 달 동안 고양이의 환영(幻影)을 떨쳐버릴 수가 없었으며, 그 기간 동안 마음속에는 양심의 가책처럼 보이지만 뉘우치지는 않는 막연한 감정이 다시 내 마음에 되돌아왔다. 나는 고양이를 없앤 것을 후회하게 되었고, 그 때문에 자주 다니는 주점에서나 또 거리에서 그 고양이와 똑같은 종의 다른 고양이가 있나 살펴보았다.

어느 날 밤, 싸구려 주점에서 술에 취해 앉아 있는데 그 주점의 중요한 가구에 해당하는 진이나 럼주를 넣어둔 술통 위에 쭈그리고 있는 어떤 까만 물체가 눈에 들어왔다. 계속해서 줄곧 그 술통을 바라보고 있었는데 내가 좀 더 일찍 알아보지 못했다는 점이 놀라웠다. 나는 가까이 가서 그 검은 물체를 손으로 만져 보았다. 그것은 검은 고양이였다. 플루토만큼이나 큰 이 고양이는 단지 한 가지만 제외하면 매우 플루토와 유사했다. 플루토는 흰털이 없었지만 이 고양이는 거의 가슴 전체가 흰색의 털로 덮여 있었다. 내가 손을 대자 곧 고양이가 일어나 목을 가르랑거리며 내 손에 몸을 비벼댔다. 그리고 내가 알아 봐 준 것이 기쁜 모양이었다. 이 고양이야말로 내가 찾고 있는 것임에 틀림없었다. 나는 곧 주인에게 이 고양이를 사고 싶다고 말했다. 그런데 주인은 자기 것이 아니며 그것에 대해 아무것도 모르고, 지금까지 본 일도 없다고 했다.

나는 고양이를 계속 쓰다듬었다. 그리고 집으로 갈 준비를 할 때 고양이도 나를 따라 나설 기미가 보였다. 집에 따라오도록 해 주었고, 돌아오는 길에 나는 몇 번이나 몸을 굽혀 고양이를 만져 주었다. 집에 돌아온 후 고양이는 곧 길들여졌고 아내도 무척 귀여워했다.

그러나 곧 내 마음에 이 고양이에 대한 싫은 감정이 올라오는 것을 발견했다.
이것은 내 예상과는 정반대였다. 왜 그런지는 알 수 없었지만 고양이가 나를 좋아한다는 것이 불쾌하고 짜증이 났다. 그러자 서서히 불쾌한 기분이 점점 격렬한 증오심으로 변해갔다. 나는 고양이를 될 수 있는 대로 피했다. 일종의 수치감과 이전의 잔혹한 행위에 대한 후회가 고양이를 학대하지 못하게 막아 주었다. 그 후 몇 주 동안 고양이를 때리지 않았다. 만약 때렸더라면 몹시 심하게 때렸을 것이다. 그러나 나는 조금씩 서서히 이 고양이에 대해 참을 수 없는 증오감을 느끼게 되었고 마치 전염병 환자의 입김을 피하는 것처럼 저주스러운 존재를 피하게 되었다.

의심의 여지없이 이 고양이에 대한 미움을 가중시킨 또 다른 이유는 고양이를 데리고 온 다음 날 아침에 보았더니 플루토와 꼭 같이 한쪽 눈이 없었기 때문이었다. 그러나 이러한 점으로 인해 아내에게는 더욱 사랑을 받았다. 내가 이미 말했던 것처럼 아내가 가지고 있는 이러한 성격은 이전에 나에게 두드러진 특성이었으며 내가 가진 여러 가지 가장 단순하고 순수한 즐거움의 원천이었다.

그러나 내가 고양이를 미워함에도 불구하고 오히려 고양이는 나를 더욱더 따르는 것처럼 보였다. 이 글을 읽는 분들을 이해시키기 어려울 정도의 집착력을 가지고 내가 가는 곳마다 따라다녔다. 내가 앉아 있는 곳마다 쭈그리고 앉아 있거나 무릎 위로 뛰어올라와 몸을 비벼대기도 했다. 내가 일어나 걸어가려고 하면 다리 사이에 끼어들어 나는 자칫 넘어질 뻔하기도 했다. 그리고 어떤 때는 그 길고 날카로운 발톱을 세워 옷을 타고 가슴을 기어오르기도 했다.

　이럴 때면 나는 한방에 때려죽이고 싶었지만 아직 그렇게 할 수는 없었다. 그것은 부분적으로는 전에 내가 저지른 범죄에 대한 기억 때문이기도 하지만 더 큰 이유는 이 짐승이 몹시 두려웠기 때문이었다.

　이 공포감은 정확히 말해서 물리적인 해악에 대한 공포는 아니었다. 그렇다면 도대체 이를 어떻게 정의 내려야 할지 알 수 없었다. 솔직히 내 자신에게 매우 부끄러운 일이지만 – 실상 이렇게 중죄인의 감방에 갇혀 있으면서도 고백하기 좀 부끄러운 이야기지만 – 고양이가 나에게 기름을 부은 그 공포감은 내가 생각할 수 있는 가장 보잘것없는 망상에 의해 높아진 두려움이다. 아내는 이 고양이의 하얀 털에 대해 몇 번 주의를 환기시킨 적이 있었다. 앞에서도 말한 바와 같이 이 고양이와 전에 내가 없애버린 플루토 사이에 유일하게 다른 점이 바로 이 하얀 털이다. 독자들은 이 털이 비록 크기는 했지만 원래는 한정적인 것이었음을 기억할 것이다. 그러던 것이 서서히 거의 인식할 수 없을 정도였으며 나의 이성은 오랫동안 그것을 나의 공상 탓이라고 부정하려 했다 – 마침내는 뚜렷하게 윤곽이 드러났다. 그것은 이름을 말하기가 떨려오는 그러한 대상을 나타내는 것이었다. 그 때문에 나도 그 괴물을 미워하고 무서워하며 만약 그렇게 할 용기만 있다면 없애버리고 싶었던 것이다. 이제야 말하지만 반점의 형태는 그것은 등골이 오싹하는 교수대의 형상 – 이럴 수가! 그것은 바로 공포와 범죄, 고

통과 죽음의 비애와 공포를 만들어내는 형틀의 형상이었다.

이 미약한 인간의 비참한 지경을 넘어서는 참담한 지경에 있었다. 내가 경멸하여 죽여 버린 동물의 동료인 이 미개한 야수 한 마리가 – 높으신 하나님의 형상 따라 만들어진 인간인 나에게 이토록 견딜 수 없는 고통을 주다니!

이럴 수가! 밤에도 낮에도 나는 안식의 축복을 더 이상 알지 못했다. 낮에는 이 고양이가 한 순간도 나를 떠나지 않았다. 그리고 밤에는 말할 수 없는 악몽으로부터 매시간 시작하였다. 그리고는 고양이의 뜨거운 입김이 내 얼굴에 닿는 것을 발견하였으며 그리고 엄청난 무게 즉, 내가 떨쳐버릴 수 없는 공포의 화신이 내 심장을 계속 압박했다.

이와 같은 고통의 압력 하에서 내 안에 있던 아주 작은 선(善)의 잔재마저 굴복했다. 사악한 생각들이 유일한 나의 벗이 되었다. 바로 가장 어둡고 가장 사악한 생각들이었다. 보통 내 성격의 우울한 면이 모든 것에 대한 증오와 모든 인간에 대한 증오로 커져 갔다. 갑작스럽게 그리고 자주, 내가 맹목적으로 내 몸을 던져버린 그 분노의 폭발이 일어나는 동안, 아아! 불평하지 않는 아내는 고통 받는 사람들 중에서 가장 빈번하고 가장 많이 참아야 했다.

어느 날 아내는 몇 가지 심부름이 끝난 뒤 곧바로, 가난 때문에 할 수 없이 거주하게 된 낡은 건물의 지하로 나를 따라왔다.

고양이는 가파른 계단 밑으로 나를 따라와 나를 넘어뜨릴 뻔했기 때문에 나는 미친 듯이 격분하고 말았다. 도끼를 들고, 이제까지 내 손을 멈추세 한 어른답지 못한 공포도 격노로 망각되어 즉각 고양이에게 일격을 날렸다. 내 의도대로 타격이 이루어졌다면 고양이는 즉사하고 말았을 것이다. 그러나 공격은 아내의 손에 의해 제지되었다. 이 방해로 인해 귀신들린 것보다 심한 격노에 휩싸여, 나는 그 잡은 손으로부터 내 손을 빼내어 도끼를 내 아내의 뇌에 꽂았다. 아내는 한 조각 신음도 없이 그 자리에 쓰러져 숨을 거두었다.

이 끔찍한 살인을 저지른 뒤에, 나는 곧 주도면밀하게 시체를 은폐할 방법에만 골몰하였다. 낮이든 밤이든 이웃 사람에게 발각될 위험 때문에 집 밖으로 시체를 치울 수 없다는 것을 알고 있었다. 많은 방법이 내 머리에 떠올랐다. 어떤 때는 시체를 미세하게 잘라서 태워버릴 생각도 했다. 어떤 때는 지하실 바닥에 무덤을 팔 결심도 해보았다. 다시 마당의 우물 속에다 넣어 버릴까, 하는 생각도 했고, 또한 뭔가 평범하게 준비하는 것처럼 상자 안에 포장하여 마치 상품처럼 보이도록 한 후에 짐꾼을 시켜 집 밖으로 가지고 나가도록 할까도 생각해 보았다. 그러다가 마침내 다른 것보다 훨씬 나은 방편이 내 머리에 떠올랐다. 나는 지하 벽 속에 봉해 버리기로 결심했다. 중세의 성직자들이 그들의 희생자들을 벽에 발랐었다고 하는 기록처럼 말이다.

그런 목적을 위해서 이 지하실은 꽤 적합했다. 지하실 벽은 느슨하게 지어져 있었고, 최근에 전체에 대강 회반죽을 발라 놓았던 것이다. 그런데 회반죽은 공기 중의 습기 때문에 단단히 굳지 못했다. 더욱이 잘못된 굴뚝 또는 벽난로에서 비롯된 돌출부가 벽 한쪽 면에 있었는데 메워져서 지하실의 붉은 부분과 비슷하게 보이도록 했다. 나는 어떤 눈길도 의심스러운 점을 알아채지 못하도록 즉각 벽돌을 들어내고 시체를 집어넣고 이전처럼 전체 벽을 칠할 수 있다는 점을 전혀 의심하지 않았다. 이러한 치밀한 계산에 있어서 나는 실수가 없었다. 쇠지레를 사용하여 손쉽게 벽돌을 들어내고 조심스럽게 시체를 안쪽 벽에 위치시키고 나서 어려움 없이 전체 구조가 원래 서있던 데로 다시 위치시키는 동안 그곳에 기대어 놓았다. 그 다음에는 최대한 신중히 회반죽, 모래, 털들을 확보한 뒤에 이것을 가지고 아주 조심스럽게 새 벽돌 작업을 끝마쳤다. 일을 마쳤을 때 나는 모든 것이 잘 되었다는 만족을 느꼈다. 벽은 손을 댄 흔적이 거의 없었다. 바닥에 있던 부스러기 하나도 최대한 꼼꼼하게 주웠다. 나는 큰 승리를 거둔 것처럼 주위를 둘러보고 혼자 말했다. "이제, 적어도 내 수고가 헛되지는 않았네!"

그 다음 단계는 엄청난 불행의 원인이 된 그 짐승을 찾는 것이었다. 왜냐하면 나는 그 놈을 반드시 죽이기로 확고히 결심을 했기 때문이다. 만약 그때 고양이를 발견할 수 있었다면 고양이의 운명은 의심의 여지가 없었을 것이다. 그러나 이 간교한 동물이 내 이전 분노의 폭력성에 대해 위기감을 느끼고 내 앞에 나타나지 않는 것처럼 보였다. 그 혐오스러운 짐승이 보이지 않는다는 사실이 내 마음속에 가져다준 깊고 다행스러운 안도감은 형용하거나 상상하기도 불가능하였다. 고양이는 그날 밤 나타나지 않았다. 그리하여 심지어 내 영혼을 누르는 살인이라는 짐을 지고서도, 고양이를 집에 들여온 이래 적어도 하룻밤 동안은 평온하게 잠을 푹 잘 수 있었다.

이틀이 지나고 사흘이 지났으나 고양이는 나타나지 않았다. 다시 한 번 나는 자유인으로서 호흡했다. 괴물은 겁을 먹고 영원히 도망친 것이다! 더 이상 그 고양이를 보지 않게 될 것이다! 나의 행복감은 최고조에 달했다! 나의 어두운 행위에 대한 죄책감이 나를 괴롭히기는 했지만 그리 크지는 않았다. 몇 번의 조사가 이루어졌지만 즉각 답변이 이루어졌다. 심지어 수색을 받을 때에도 물론 아무것도 발견되지 않았다. 나는 미래의 행복이 확고한 것으로 여겼다.

살인 후 넷째 날 정말 뜻밖에 한 무리의 경찰관들이 집에 들어왔다. 그리고 다시 집에 대한 철저한 조사를 진행했다. 그러나 은폐 장소에 대해 도저히 알아낼 수 없다는 것을 확신하며 나는 전혀 당황하지 않았다. 경찰관들은 나를 조사하는데 동행하게 했다. 그들은 구석구석 샅샅이 조사했다. 마침내 세 번째인가 네 번째인가 경찰관들이 지하실로 내려갔다. 나는 근육 하나도 떨리지 않았다. 나의 심장은 죄 없이 잠을 자는 사람의 심장처럼 평온하게 뛰고 있었다. 나는 끝에서 끝으로 지하실을 걸었다. 내 가슴 위에 팔짱을 끼고 쉽게 이곳저곳을 배회했다. 경찰들은 완전히 만족하여 떠날 준비를 하였다. 내 마음 속의 기쁨이 너무 커서 억제할 수가 없을 정도였다. 나는 내 무죄가 확실하다는 것을 그들에게 재차 확인시켜 주려고 한 마디 승리의 표시를 내뱉고 싶은 마음에 불탔다.

"여러분." 하고 마침내 나는 경찰들이 계단을 올라가고 있을 때에 말을 꺼냈다. "여러분의 의심을 풀게 해드린 것이 무척 기쁩니다. 그러면 여러분 모두의 건강을 빌며 아울러 여러분이 좀 더 예의를 갖춰주시길 바랍니다. 그런데 여러분, 이 집은, 이 집은 말입니다. 아주 잘 지어진 집입니다. [쉽게 무엇인가를 얘기하고자 하는 마음에 사로잡혀 나는 내가 무슨 말을 하고 있는지도 몰랐다] – 정말 훌륭하게 지어진 집입니다. 이 벽들은 말이죠. 자, 여러분 이제 돌아가시렵니까? 이 벽들은 정말 견고하게 쌓여져 있답니다." 여기서 단지 뻐기고 싶은 마음에 나는 내가 쥐고 있던 지팡이로 사랑하는 아내의 시체가 들어 있는 바로 그 벽 부분을 힘껏 내리쳤다.

그러나 하느님, 나를 악마의 발톱에서 나를 막아내시고 건져주시옵소서! 내가 때린 그 소리의 울림이 잔잔해지자마자 그 무덤 내부로부터 한 줄기 대답이 들려왔다. 처음에는 믿어지지가 않았다. 마치 흐느껴 우는 어린애의 울음소리와 같은 소리에 이어 잠시 후 갑자기 길게 소리를 끌며 언제까지나 계속될 것 같은 높고 아주 이상하고도 잔인한 비명으로 변했다. 그것은 지옥에 떨어진 수난자의 입에서 나오는 비명과 그들에게 형벌을 가하고 기뻐 날뛰는 악마들의 승리감에 충만해 있는 괴성이 합친 것처럼 흘러나왔다. 그 소리는 공포와 승리가 반반씩 섞인 슬피 울부짖는 비명이었다.

내 생각에 대해서 말하는 것은 어리석은 일이다. 나는 온몸에 힘이 빠져 반대편 벽으로 비틀비틀 걸어갔다. 잠깐 동안 경찰들은 아주 끔찍한 두려움과 외경심으로 계단에서 움직이지 않고 있었다. 다음 순간 12명의 건장한 팔이 벽을 허물고 있었다. 벽은 한꺼번에 무너져 내렸다. 이미 상당히 부패하고 엉긴 피가 굳어있는 시체가 지켜보는 사람들 바로 눈앞에 서 있었다.

그 시체의 머리 위에는 새빨간 입을 크게 벌리고 불같은 외눈을 가진 끔찍한 짐승이 앉아 있었다. 나를 살인하도록 만들었고 고발하는 목소리를 내어 내가 교수형을 당하도록 만든 것은 모두 이 고양이의 간계(奸計)였다. 나는 그 괴물을 무덤 속에 발라 버렸던 것이다.

모르그 가(街)의 살인사건

모르그 가(街)의 살인사건

사이렌이 무슨 노래를 불렀으며 아킬레스가 여자들 사이에 몸을 숨길 때 어떤 이름으로 가장했을지는 어려운 질문이다. 하지만 전혀 짐작할 수 없는 것은 아니다.

— 토마스 브라운 경

정신적인 특징은 분석적이라고들 말하지만 정신 자체는 분석하기가 어렵다. 우리는 단지 그 효과만으로 특징들을 평가할 수 있다. 무엇보다도 우리는 이들 여러 특징을 풍성하게 지니고 있는 사람들한테는 항상 생기 넘치는 즐거움의 근원이 있다는 것을 알고 있다. 강한 사람이 자신의 근육을 움직이는 것을 즐기면서, 자신의 육체적 능력을 과시하는 것처럼 분석가는 복잡함을 풀어내는 정신적 활동을 좋아한다. 분석가는 자신의 재능을 활용할 수 있는 것이라면 아무리 작은 일이라도 즐거움을 느낄 수가 있다. 그는 수수께끼나 난제, 상형문자를 좋아하며, ㄱ걸 풀어냄으로서 보통 사람의 이해력을 초월하는 정도의 초자연적인 명석함을 보여주는 것이다. 방법에 있어서 온 정신을 쏟아 만들어진 분석가의 결과들은 사실상 직관으로 가득 차 있음을 보여준다.

  해결 능력은 수학적인 연구에서, 특히 수학의 가장 높은 한 분야에 의해서 왕성히 나타난다. 이 분야는 부당하게도 이에 역행하는 방법 때문에 해석학이라 불리고 있다. 그러나 본래 계산하는 것과 분석하는 일은 다르다. 예를 들어 체스를 두는 사람은 분석을 하려는 노력 없이 계산을 한다. 정신적인 특징에 미치는 영향 면에서 체스게임은 상당히 잘못 이해되고 있다. 나는 논문을 쓰고 있는 것이 아니라 단지 다소 특별한 설명을 아무렇게나 서문에 쓰고 있는 것이다. 그러므로 체스의 정교하지만 보잘 것 없는 내용보다는 허식이 없는 체커[서양 장기의 일종] 게임에 의해 사색하는 지성이 좀 더 결단력이 있고 유용하게 작용한다는 것을 단언하고 싶다. 각 기물이 다르고 기묘한 움직임을 갖는 체스에서 다양하고 다른 가치 때문에 단지 복잡한 것이(이상할 것도 없는 오류지만) 심오한 것이라고 착각한다. 이런 경우에는 상당한 주의력이 요구된다. 주의력이 잠시라도 흔들리면 제대로 보지 못하고 손실을 입거나 패하게 된다. 가능한 말의 움직임이 다양하고 복잡하므로 그런 실수를 할 확률이 배가된다. 그렇기 때문에 확실히 총명한 사람보다 집중력이 강한 사람이 십중팔구 이기게 된다. 이와 대조적으로 움직임이 독특하며 변화가 별로 없는 체커에서는 실수를 할 확률이 적고 단순한 주의력이 상대적으로 많이 이용되지 않기 때문에 유리한 쪽은 총명하고 뛰어난 쪽이 얻게 된다. 추상적인 얘기가 되지 않도록, 먼저 각 기물이 네 개의 왕이 되고 물론 잘못 보는 실수가 없는 체커 게임을 가정해 보자. 이 경우 승리는 오직 (선수가 모두 동등한 실력일 경우) 한 기물의 조심스러운 움직임에 달려있으며 이는 바로 지력을 최고로 발휘한 결과라는 사실은 분명하다.

일반적인 도구가 없으므로 분석가는 자신을 상대의 마음에 던져 동일하게 한다. 유일한 방법(때로는 바보스러울 정도로 단순한 일이지만)은 상대를 실수하도록 유도하거나 서두르게 해서 오판을 유도하는 일은 얼핏 봐도 드물지 않다.

휘스트[카드놀이의 일종]는 특히 소위 계산력에 미치는 영향으로 오랫동안 주목을 받아왔으며 최고급의 지력을 가진 사람들은 체스는 시시하다고 피하는 반면 말도 못할 정도로 휘스트를 좋아하는 것으로 알려져 있다. 확실히 분석력으로 풀어야 하는 게임 중 이 만큼 분석력을 필요로 하는 게임은 없다. 기독교국가에서 제일 체스를 잘 두는 사람이라 하더라도 그저 체스의 명인이라는 데 지나지 않는다. 그렇지만 휘스트에 능통하다는 것은, 사람은 정신과 정신이 맞부딪치는 더 중대한 업무에서 성공할 수 있는 능력을 암시하는 것이다.

내가 숙련도를 말할 때, 게임에서 완벽하다는 말은 정당한 이익을 획득할 수 있는 모든 근원을 이해한다는 의미라는 것이다. 이 들 근원들은 다양할 뿐만이 아니라 다양한 형태이며 일반적인 이 해력을 가진 사람은 접근할 수 없는 사고(思考)의 깊숙한 곳에 놓 여있다. 주의 깊게 관찰한다는 것은 뚜렷하게 기억하는 일이며, 이런 면에서 집중적인 체스 게임자는 휘스트를 잘 할 수 있을 것 이다. 반면에 호일의 규칙(게임의 단순한 구성에 기초를 둔)은 충 분히 그리고 일반적으로 이해할 수 있다.

결과적으로 좋은 기억력을 갖는 것과 그 규칙대로 진행하는 것 은 좋은 게임 운영의 요점으로 간주되던 점이다. 그러나 단순한 규칙의 한계를 넘어선 문제에서 분석가의 기술이 드러난다. 분석 가는 조용히 많은 관찰을 하며 유추한다. 아마 그의 동료들도 그 렇게 할 것이다. 그러나 얻은 정보의 범위 차이는 추리의 타당성 에 달려있기보다는 관찰의 질에 있다. 필요한 지식은 무엇을 관찰 할지에 관한 지식이다.

이러한 게임자는 결코 자기를 한정짓지 않는다. 게임이 목적이 라고 해서 게임 외적인 일로부터의 추론을 거부하지 않는다.

게임자는 자기 파트너의 얼굴을 살펴보고 다른 상대방들의 얼 굴과 하나하나 조심스럽게 비교한다. 각각의 손에 쥐어있는 카드 의 배치를 생각하고 카드 한 장 한 장을 바라보는, 카드를 쥐고 있 는 사람들의 눈빛을 보며 하나하나 계산한다. 이 사람은 게임이 진행되어 감에 따라 확신과 놀람, 승리, 분함 등 표정의 차이를 통 해 생각의 자료를 모으며 얼굴의 모든 변화를 주시한다. 일단 내 놓았던 카드를 모으는 방법을 통해 게임 상대편이 그 조[한 패, 즉

하트, 다이어몬드, 클럽, 스페이드로 각 13장]에서 다시 할 수 있는지 없는지를 판단한다.

뭔가 가장(假裝)된 행동은 테이블 위에 카드를 던지는 모양으로 알아차린다. 아무렇지 않게 또는 부주의하게 던진 한 마디와 그 밖에 카드를 실수로 떨어뜨리거나 뒤집는 일, 그리고는 이를 숨기려고 신경을 쓰거나 반대로 태연한 모습, 카드를 세는 솜씨와 이를 배열하는 순서, 당황, 망설임, 열중, 떨림 등 – 이 모든 것이 한 번 보아서 직관력이 있는 그의 지각력은 이내 문제의 진상을 파악해 버린다. 그리하여 게임이 두세 판 지나고 나면 그는 한 사람 한 사람이 손에 들고 있는 모든 카드를 다 알아 버린다. 그리하여 그 다음부터는, 다른 게임자들이 모두 카드를 밖으로 내보이고 있는 것이나 마찬가지로 그는 확고한 판단에 따라 자기 카드를 내놓는다.

분석력을 단순히 뛰어난 두뇌와 혼동해서는 안 된다. 왜냐하면 분석가는 필연적으로 머리가 좋지만, 머리가 좋은 사람 중에는 두드러지게 분석에 서투른 사람이 흔히 있기 때문이다. 뛰어난 두뇌는 보통 구성력 내지는 결합력에 의해서 나타난다. 그렇기 때문에 골상학자들이 이 힘을 선천적인 능력이라고 생각하여 별도의 기관(器官)을 이에 배치하고(내가 믿기로는 잘못된 것이다) 있지만 이 힘은 다른 면에서 거의 백치에 가까운 지력을 가진 사람들에게서 자주 발견된다. 그리하여 도덕적 분야의 작가들 사이에서 폭넓게 주의를 끌었을 정도였다. 뛰어난 두뇌와 분석적 능력의 사이에는 성격적으로 무척 유사하지만 공상과 상상의 차이보다 훨씬 큰 차이점이 존재한다.

실제로 두뇌가 뛰어난 사람이 항상 공상적이며, 또한 상상력에 뛰어난 사람은 반드시 분석적이라는 것은 이미 알려진 사실이다.

다음 이야기는 책을 읽는 분들에게 지금까지 이야기한 명제를 설명하는 주석처럼 보일 것이다.

18xx년 봄부터 여름까지 파리에 서너 달 머물면서 나는 오귀스트 뒤팽이라는 사람을 알게 되었다. 이 젊은 신사는 대단한, 정말로 훌륭한 집안 출신이었는데 여러 가지 불운이 겹치면서 빈곤해졌고 그 때문에 활력을 잃고 말았다. 이 때문에 사회에 진출하여 활동을 하거나 자기의 재산을 회복하려는 노력도 중단하였다. 채권자들의 호의로 부모가 물려준 재산의 나머지가 아직 조금 있었으므로 그것에서 생기는 수입으로 무섭게 절약을 하여 생활 필수품을 가까스로 구했고 사치품은 엄두도 내지 못했다. 책이 그의 유일한 사치였는데 책은 파리에서 쉽게 구할 수 있었다.

우리는 몽마르트 거리의 외진 도서관에서 처음 만났는데 그곳에서 우연히 귀중한 희귀본을 똑같이 찾고 있었기 때문에 더 친근감을 느꼈다. 우리는 계속 만나게 되었다. 프랑스 사람들이 자기를 말할 때 늘 보여주는 솔직함을 가지고 내게 자세히 들려준 그의 집안 내력에 대해 나는 깊은 흥미를 느꼈다. 나는 또한 그의 방대한 독서에 상당히 놀랐으며, 무엇보다도 그의 선명하고도 참신

한 상상력과 거친 열정에 의해 내 안에 있는 영혼이 불타오름을 느꼈다. 당시 내가 구하는 것을 파리에서 찾고 있었으므로 이런 사람과 교류한다는 것이 값으로 따질 수 없을 만큼 소중하다고 느꼈고 이런 생각을 그에게 솔직하게 털어 놓았다. 그리하여 내가 그 도시에 있는 동안 함께 지내기로 했다. 당시 나의 환경이 그 친구보다는 약간 더 여유가 있어서 세를 내고 가구를 비치하는 비용을 내가 부담하기로 하였는데 우리 둘의 공통적인 기질인 다소 환상적인 우울함에 맞는 가구들을 마련하였다. 집은 포브르 생제르맹 변두리의 황량한 곳에 위치했고 금방이라도 무너져버릴 것 같은 낡고 음산한 집을 세냈다. 우리가 묻지는 않았지만 어떤 미신 때문에 오랫동안 버려진 집이었다.

이 집에서 우리의 일상이 만약 세상에 알려졌다면 우리는 미친 사람 – 해를 끼치지는 않지만 – 취급을 받았을 것이다. 우리의 은둔은 완벽했다. 우리는 방문객을 일절 허락하지 않았다. 실제로 우리가 숨어 살고 있는 위치에 대해서는 예전 친구들에게도 치밀하게 비밀로 해두었다. 그리고 뒤팡의 경우는 이미 몇 년째 파리에서 사람을 알려고도 알려지려고도 하지 않았다. 우리는 오직 둘이서만 생활하였다.

밤 그 자체를 위해 밤에 매료되는 것이 이 친구의 기벽이었다.(다른 어떤 말로 표현할 수 있을까?) 이러한 기벽과 이 친구의 다른 취미 속으로 나도 조용히 빠져들었다. 내 자신을 완전히 포기하고 그의 변덕스런 행동에 내 자신을 맡겼다. 어둠의 여신이 항상 우리와 함께 할 수는 없는 일이었다. 그러나 우리는 그녀(어둠의 여신)를 가짜로 만들어 낼 수 있었다. 첫 새벽에 우리는 낡은 집의 성가신 모든 덧문을 닫아 버렸다. 그리고는 강한 향이 있는 두 개의 촛불을 켰다. 그야말로 희미하고 음산한 빛을 밝히는 촛불이었다. 우리는 그 빛으로 책을 읽고 글을 쓰고 대화를 하며 몽상에 빠지는 가운데, 시계가 정말로 어둠이 온 것을 알려줄 때까지 그렇게 하고 있었다. 그 다음에는 팔짱을 끼고 거리로 나가 낮의 이야기를 계속하는가 하면 밤이 이슥할 때까지 먼 곳을 걸어 다녔다. 이렇게 해서, 번화한 도회지의 흥분된 불빛과 그늘 사이에서 조용히 관찰할 수 있어 무한한 정신적인 흥분을 느꼈다.

이런 때 나는 뒤팡의 독특한 분석력을 인정하고 존경하지 않을 수 없었다(그의 풍부한 상상력으로 보아 그걸 미리 예상하긴 했지만). 또한 그는 그러한 능력을 보이는 게 — 꼭 자랑하고 싶어서는 아니지만 — 상당히 기쁜 것 같았다. 또한 그런 일에서 생기는 즐거움을 고백하는 것을 주저하지 않았다. 약간 소리 낮게 쿡쿡 웃으며 뒤팡 자신에게 있어서 대부분의 사람은 대개가 가슴의 창문을 열어놓고 있는 꼴이라고 자랑하였다. 그리고 그럴 때는, 항상 내 마음 속을 잘 알고 있는 직접적인 증거를 말하여 나를 놀라게 하였다.
이런 경우의 그의 태도는 차갑고 추상적이었다. 눈은 멍한 표정이었다. 평소에는 성량이 풍부한 테너 목소리지만, 발음이 침착하고 분명하지 않았더라면 신경질을 부리고 있는 것으로 들릴 정도로 최고음이 된다. 이러한 여러 기분 속에 있는 그를 보며 이중 영혼이라는 옛날 철학에 관하여 종종 사색에 빠지게 된다. 말하자면 이중의 뒤팽 - 창조적인 면과 분해적인 면 - 을 생각하며 흥미롭게 여기는 것이다.

지금 한 말을 가지고 어떤 미스터리를 자세히 설명하거나 로맨스를 쓰고 있다고는 생각하지는 말기 바란다. 내가 이 프랑스인에 관해 묘사했던 것은 단순히 흥분 또는 병적인 지성의 결과일 수도 있다. 그러나 이런 경우 그가 한 말의 특성에 관해서는, 실제로 예를 드는 것이 의미를 가장 잘 전달하게 될 것이다.

어느 날 밤 우리는 팔레 르와이얄 근처에 있는 길고 지저분한 거리를 걷고 있었다. 둘 다 생각에 잠겨 있었기 때문에 우리는 적어도 15분 동안 한 글자도 말하지 않았다. 갑자기 뒤팽이 입을 열어 이런 말을 했다.

"그 사람은 너무 키가 작은 사람이야. 그건 사실이라고. 바리에테 극장에서나 잘 맞겠지."

"확실히 그렇지." 나도 모르게 대답했다. 그리고 처음에(그만큼 나는 생각에 몰두해 있었지만) 나는 뒤팽이 내 생각을 정확히 알아차린 특별한 방법을 알아차리지 못했다. 곧 정신을 차린 뒤에 나는 깜짝 놀랐다.

"뒤팡." 나는 진지하게 말했다.

"이해를 할 수가 없네. 나는 주저 없이 내가 깜짝 놀랐다고 고백하겠네. 그리고 내 정신을 믿을 수가 없네. 어떻게 내가 생각하는 것을 알아낼 수가 있었지?" 나는 확실히 뒤팡이 정말로 내가 생각한 사람을 알았는지 확인하기 위해 여기서 잠시 멈추었다.

"샹틸리를 말하는 거겠지." 그가 말했다. "왜 멈추는 건가? 자네는 스스로 그 작은 체격의 사람이 비극에는 어울리지 않는다고 말하고 있었는데."

이 말은 정말 정확하게 내 생각의 주제를 이루는 내용이었다. 샹틸리란 본래 생 드뉘 가의 구두 수선공이었는데 연극에 미쳐 크레비용의 비극에서 세르세스의 역을 맡아 했는데 자신의 노력에도 불구하고 경멸을 당하기만 했었지."

"제발 좀 얘기해 줘." 내가 큰소리로 말했다. "만약 방법이 있다면 내 마음을 이처럼 알아 볼 수 있는 방법을 말해주게."

사실 나는 너무 놀라 제대로 표현할 수가 없었다.

"과일장수지." 친구가 대답했다. "과일장수를 보고 자네는 그 구두수선공이 세르세스와 비슷한 역을 하기에는 너무 키가 작다는 결론을 내린 거라네." 뒤팡이 말했다.

"과일장수? 날 놀라게 하는군. 난 과일장수는 아무도 알지 못하는데 말이야."

"우리가 이 거리로 접어들었을 때 마주친 사람이야 - 한 15분쯤 전에 말일세."

나도 이제 우리가 C거리를 지나 우리가 지금 서있는 곳으로 막 통과할 때 머리에 커다란 사과 바구니를 이고 가던 과일장수가 하마터면 나를 넘어뜨릴 뻔했다. 그런데, 이것과 샹틸리와의 관계는 이해할 수가 없었다.

뒤팽은 조금이라도 허풍을 떨 사람은 아니었다.

"설명을 해주지." 그가 말했다. "자네가 분명히 이해할 수 있도록 우선 내가 자네한테 말을 걸었던 순간부터 그 과일장수와 충돌했을 때까지의 자네 생각의 경로를 따라가 보게나. 큰 고리의 연결은 이렇게 되는 거야 - 샹틸리, 오리온 성좌, 니콜라스 박사, 에피쿠로스, 스테레오토미, 거리의 포석(鋪石), 과일장수."

인생의 어떤 기간에 자신의 특별한 마음의 결론에 도달한 과정을 거슬러 올라가 보는 것을 재미없다고 생각하는 사람은 아마 없을 것이다. 이런 일이란 정말 흥미진진하고 처음 해보는 사람은 분명, 출발점과 도착점 사이에 엄청난 거리와 불일치에 놀랄 것이다. 그렇다면, 그 친구가 지금 한 말을 들었을 때 그리고 뒤팽이 한 말을 인정하지 않을 수 없었을 때 내가 얼마나 놀랐겠는가? 그는 말을 계속했다.

"만약 내가 맞게 기억하고 있다면 C거리를 떠나기 바로 전에,

우리는 말(馬)에 관해 얘기를 하고 있었지. 그것이 우리가 나눈 마지막 화젯거리였어. 이 거리로 건너올 때 머리에 큰 바구니를 이고 있던 과일장수가 빠르게 우리를 스치고 지나가다가 보수 중인 보도에 쌓여 있던 돌 더미로 자네를 밀어붙였어. 자네는 거기 있던 헐거운 돌 조각을 밟고서 미끄러져 약간 발목을 삐게 되었고 몹시 화가 나고 언짢은 듯 보였지. 몇 마디 중얼거리고서는 쌓여 있는 돌무더기를 돌아본 후 아무 말 없이 걷기 시작했어. 나는 자네가 하는 일을 특별히 지켜본 것이 아니네. 하지만 요즘 관찰이 거의 내 생활 필수품이 되어 버렸거든.

무뚝뚝한 표정으로 포장 되어 있는 길의 구멍이라든가 수레바퀴 자국을 쳐다보면서 자네는 땅에서 눈을 떼지 않았어(그래서 자네가 아직도 돌을 생각하고 있다는 걸 알았지). 우리가 라마르틴 이라는 골목에 올 때까지 계속 지속되었어. 이 골목은 실험적으로 보도블록이 이중으로 그리고 못이 박혀 있었어. 여기에 오자 자네의 얼굴이 밝아지더군. 그리고는 입술을 움직였는데 나는 자네가 이런 식으로 도로를 포장하는 방법을 칭하는 스테레오토미라는 말을 중얼거린 게 틀림없다고 파악했지. 그렇지, 자네가 스테레오토미를 중얼거리면 반드시 원자(原子)를 생각하게 된다는 것을 나는 알고 있었지. 그리고 에피쿠로스 이론까지 이어질 줄 알고 있었지. 얼마 전 우리가 이 학설에 대해서 토론했을 때 내가 이 고상한 그리스인의 막연한 추측이 세상 사람들한테는 거의 주목을 받지 못한 대신, 참으로 기묘하게도 근세의 성운(星雲) 우주진화론에 의해서 확인되었다는 이야기를 내가 했었고 나는 자네가 오리온성좌의 대성운을 올려다 볼 것이라고 예상했어. 틀림없이 자네가 그렇게 하리라고 확실히 예상했지. 자네는 정말로 하늘을 올려다보았어. 그래서 나는 자네 생각의 궤적을 잘 따라왔다고 확신했지. 한편 어제 '뮤제'에 나온 샹틸리에 대한 신랄한 혹평에서는 구두 수선공이 비극을 연기하기 전에 이름을 바꾼 것에 대해 빈정대며 우리들이 늘 이야기했던 라틴어의 시구를 인용했지. 그 구절은 바로 '옛날 말은 처음 소리를 잃어버렸도다' 였어.

이것은 유리온이라고 불렸던 오리온을 말한다고 내가 자네에게 이야기한 적이 있지. 이 설명에 관련된 신랄한 점으로 보아 자네가 그것을 잊을 리가 없다는 것을 잘 알고 있었던 거지. 자네가 오리온과 샹틸리라는 두 개념을 결부시키리라는 것은 분명했네. 자네 입가의 미소의 성격으로 보아 자네가 정말 그렇게 했다는 것을 알 수 있었네. 자네는 불쌍한 구두 수선공이 당한 것을 생각했지. 자네는 몸을 숙이면서 걸었는데 그 시점에서 몸을 쭉 펴더군. 나는 자네가 샹틸리의 작은 체구를 생각하고 있다고 확신했지. 그래서 자네의 침묵을 깨뜨리며 그 샹틸리라는 친구는 매우 작은 사람이니까 바리에테에나 더 맞을 거라고 말한 거야."
그 후 얼마 뒤에 〈트리뷔노〉의 석간을 읽던 중, 다음과 같은 기사가 우리의 눈길을 끌었다.

기괴한 살인사건 - 오늘 새벽 3시경 생로시 구역 주민들은 레스파네 부인과 딸 까미유 레스파네 양, 단 둘이 사는 것으로 알려진 모르그 가(街)의 4층 집에서 연이어 들리는 비명 때문에 잠을 깼다. 보통 때처럼 들어가려다가 실패하고 약간 지연된 후에 쇠지렛대로 문을 부수고는 8, 9명의 이웃 사람과 2명의 경찰이 함께 안으로 들어갔다. 이때는 비명소리가 멎어 있었다. 그러나 일행이 첫 번째 층계참을 뛰어오르자 과격한 싸움을 하는 것 같은 거친 소리가 두어 마디 들렸다. 아무래도 집 위에서 들리는 소리 같았다. 계단을 두 번째 꺾어 돌았을 때는 이런 소리가 멈추고 아무 소리도 나지 않았다. 일행은 사방으로 퍼져 이 방 저 방을 살폈다. 4층 뒤에 있는 큰 방에 도착했는데 문이 안에서 잠겨 있었으므로 억지로 열고 들어가야 했다. 방에는 모두를 전율케 하는 광경이 벌어져 있었다.

방안은 완전히 난장판이었다. 가구들은 부서지고 사방으로 내동댕이쳐져 있었다. 침대가 하나 있었는데 침대보가 벗겨져 바닥 한가운데 던져져 있었다. 의자 위에는 피 묻은 면도칼이 있었다. 난로 위에는 피에 물든 길고 굵은 회색의 사람 머리카락이 두세 다발 있었고 뿌리째 뽑힌 것 같았다.

바닥에는 나폴레옹 금화 4개와 황수정 귀걸이 1개 그리고 큰 은수저 3개 및 작은 양은 수저 3개, 금화 약 4천 프랑을 넣은 2개의 가방이 있었다. 한쪽 구석에 위치한 탁자의 문이 열려 있었다. 비록 여러 가지 물건들이 안에 남아 있기는 했지만 분명히 약탈당했다. 소형 철제 금고가 침구(침대 바닥 아래가 아니라) 밑에서 발견되었다. 열쇠가 꽂힌 채 열려 있었다. 안에는 몇 통의 낡은 편지와 별로 중요하지 않은 서류 외에는 아무 것도 없었다.

레스파네 부인의 흔적은 보이지 않았다. 그러나 벽난로 속에서 상당한 검댕이 발견되었다. 굴뚝 안을 조사했고 (말하기도 무서운 일이지만) 머리가 아래로 향한 딸의 시체를 끌어낼 수 있었다. 좁은 틈으로 상당히 멀리까지 끌어 올려져 있었다. 몸은 아직도 따뜻했다. 살펴보니 긁힌 상처가 있었는데 이것은 틀림없이 억지로 거칠게 밀어올리고 방치하여 생긴 것이었다. 얼굴에는 심하게 긁힌 상처가 많았으며 목에는 검은 멍이 많이 보였고 아마 목 졸려 죽은 듯 손톱자국이 남아 있었다.

집안을 샅샅이 철저하게 수색했지만 그 이상은 아무 것도 발견할 수 없었으므로 일동은 건물 뒤쪽 돌이 깔려 있는 조그마한 마당으로 이동했다. 그곳에 노부인의 시체가 목이 완전히 잘린 채로 누워있었다. 몸을 일으키려고 하자 머리가 떨어져나갔다.
머리뿐만 아니라 몸도 끔찍하게 잘려져 있었다. 몸통은 거의 사람으로 보이지 않을 정도였다.

이 가공할 의문의 사건은 현재 아무런 단서도 없다.

다음 날 신문은 다음과 같은 부가 내용을 보도했다.

모르그 가의 참극. 기괴하기 그지없고 가공할 이 사건(프랑스에서는 사건이란 말을 우리처럼 가벼운 의미로 사용하지 않는다)과 관련하여 많은 사람들이 조사를 받았다. 그러나 이 사건에 빛을 비춰 줄 만한 것은 아직 아무것도 나타나지 않았다. 지금까지 이루어진 증언을 알려드린다.

파출부 폴린 뒤부르의 증언에 따르면 그녀는 지난 3년 동안 피살자들을 위해 세탁을 해왔기 때문에 두 사람을 알고 있는데, 노부인과 딸은 좋은 사이였으며 서로 깊은 애정을 보였고 세탁비는 아주 잘 지불해 주었다. 두 사람의 생활상이라든가 취향 등은 말할 수 없다. 부인은 점쟁이 일을 하여 생계를 꾸렸다고 하며 돈을 꽤 모았다는 소문도 있다. 세탁물을 가지러 가거나 가지고 갔을 때 그 집에서 다른 사람을 만난 적은 한 번도 없다. 분명히 고용된 하인은 한 사람도 없었으며 이 건물에는 4층을 제외하고는 어느 곳에도 가구가 없는 것 같았다.

담배장수 피에르 모로의 증언에 의하면 그는 4년에 걸쳐 레스파네 부인에게 약간의 담배와 코담배를 팔았다. 그는 근처에서 태어났으며 계속 거기에 거주해 왔다. 부인과 딸은 시체가 발견된 그 집에서 6년 이상 살아왔다. 이전에는 보석상이 살고 있었으며, 위에 있는 방들은 여러 사람에게 세를 주었다. 집은 레스파네 부인의 소유였다. 그녀는 세입자들이 집을 함부로 사용하는 것이 마음에 들지 않아 직접 이곳으로 이사 왔으며 어떤 방도 임대하지 않기로 했다. 노부인은 어린애 같은 성격이었다. 증인은 6년 동안 딸을 대여섯 번 본 적이 있다. 둘은 극도로 남의 눈을 피해 살았는데 돈이 많다는 소문이 있었다. 이웃 사람들 중에는 노부인이 점을 친다는 얘기를 들은 사람도 있었지만 믿지 않았다. 노부인과 딸 외에, 짐꾼이 한두 번, 의사가 약 8~10회 출입한 것을 제외하고 아무도 들어가는 것을 보지 못했다.

다른 사람들과 이웃들도 비슷하게 증언했다. 집에 자주 출입하는 사람은 한 사람도 없었고, 레스파네 부인과 딸의 친척 중 생존한 사람이 있는지도 알려지지 않았다. 앞쪽 창문이 열린 적은 거의 없었다. 뒤쪽 창 역시 4층의 커다란 뒷방을 제외하고는 항상 닫혀 있었다. 건물은 좋은 집이었으며 별로 낡지도 않았다.

이시도르 뮈제 경관의 증언에 의하면 그는 아침 3시에 신고가 들어와 그 집으로 갔으며 문쪽에 약 2, 30명이 들어가려고 애쓰고 있는 것을 보았다고 한다. 결국 쇠 지렛대가 아닌 총검으로 그 문을 간신히 열었다. 두 쪽으로 된 문은 양쪽으로 열리게 되어 있었고 접히는 문이어서 여는 데 별로 힘이 들지 않았다. 위아래 다 빗장이 걸려있지 않았다. 비명은 문이 열릴 때까지 계속되다가 갑자기 멈췄다. 소리는 엄청난 고통을 당하는 어떤 사람(또는 사람들)의 비명 같았으며 짧고 순간적인 것이 아니라 크고 길게 이어졌다. 증인이 앞장서서 2층으로 올라갔다. 계단을 첫 번째로 꺾었을 때 분노하여 싸우는 커다란 두 가지 목소리가 들렸다. 하나는 거친 목소리였으며 또 하나는 날카로운 아주 이상한 목소리였다. 거친 음성의 목소리가 몇 마디 들렸다.

그것은 프랑스인의 말이었으며 여자의 음성은 아니었다. '사크레(빌어먹을)'라는 말과 '디아블(제기랄)'이라는 말은 알아들을 수가 있었다. 날카로운 음성은 외국인의 목소리였다. 남자의 목소리인지 여자의 목소리인지 확실히 알 수 없었다. 뭐라고 했는지 알 수는 없었지만 스페인어라고 생각된다. 방의 상태와 몸의 상태는 어제 본지에 보도된 바 있다.

이웃에 사는 은(銀) 세공사 앙리 뒤발은 자신도 집으로 들어간 첫 일행 중 한 사람이었다고 증언했다. 대체로 뮈제의 증언을 확증하고 있었다. 그들은 집안으로 밀고 들어가자마자, 늦은 밤인데도 불구하고 몰려든 사람들이 안에 들어오지 못하도록 다시 문을 닫았다. 날카로운 목소리에 대해서 이 증인은 이탈리아인의 목소리라고 생각한다. 프랑스인이 아닌 것은 확실하다. 남자의 음성이었다는 것은 장담할 수가 없다. 여자 목소리였을 수도 있다. 이탈리아어를 알지는 못하지만 억양으로 이탈리아인이라고 확신한다. 부인과 딸을 알고 있으며 두 사람과 자주 이야기를 나누었다. 날카로운 목소리는 두 피살자 목소리가 아닌 것을 확신한다.

레스토랑 주인 오덴하이머, 이 증인은 증언을 자청했다. 프랑스어를 못하기 때문에 통역을 통해서 증언했으며 암스테르담 태생이다. 그는 비명이 들리던 시간에 그 집 앞을 지나고 있었다. 비명은 몇 분 아마도 10분 정도 이어졌는데 길고 큰 소리였으며 듣기에 두렵고 괴로웠다고 한다. 그 집안으로 들어간 사람 중의 한 명이었고. 그 이전의 증언을 확인해 주었는데 다만 한 가지는 달랐다. 날카로운 목소리의 주인공은 남자이고 프랑스인이 틀림없으나 말의 내용은 알아들을 수 없었다고 한다. 동일한 톤이 아니었고 목소리는 높으며 빨랐다. 분명히 분노뿐 아니라 두려움이 느껴지는 목소리였다. 귀에 거슬렸다 – 날카롭다기보다 귀에 거슬렸다. 날카로운 목소리라고는 할 수 없다. 거친 음성은 '사크레'와 '디아블'이라고 반복적으로 말했으며, 또 한 번은 '몽듀(아이구!)'라고 말했다.

쥘르 미뇨. 드롤레인 가(街)의 미뇨 부자(父子)은행장인 그는 레스파네 부인이 약간의 재산을 가지고 있었다고 했다. 8년 전 봄에 은행 계좌를 개설했다. 그리고는 약간씩 자주 예금을 했으며 그녀가 직접 4천 프랑의 돈을 인출해 가던 죽기 3일 전까지 돈을 찾은 일은 거의 없었다. 이 액수는 금으로 지불되었고 행원이 돈을 갖고 집까지 운반했다.

미뇨 부자은행의 행원 아돌프 르 봉의 증언에 의하면 사건이 있던 날 정오쯤 그가 두 자루에 담은 4천 프랑을 가지고 그녀의 집까지 동행했다. 문이 열리자마자 레스파네 양이 나타나 그의 손에서 자루 하나를 가져갔고 반면 노부인은 그에게서 나머지 하나를 가져갔다. 그리고 나서 그는 나와서 인사를 하고 떠났다. 당시 거리에는 아무도 보이지 않았다. 매우 쓸쓸한 뒷골목이었다.

재단사인 윌리엄 버드는 그 집에 들어갔던 사람 중 한 명이라고 증언했다. 영국인이며 파리에 산 지 2년이 되는데 처음 계단을 오른 사람들 중 한 명이다. 싸우는 소리를 들었다. 거친 목소리는 프랑스인의 음성이었다. 몇 마디는 알아들었지만 다 기억할 수는 없다. 분명히 '사크레'와 '몽듀'라는 소리를 들었다. 그때 몇 사람이 몸싸움을 하는 것 같은 소리를 들었다. 마찰음과 격투하는 소리가 났다. 날카로운 소리는 무척 커서 - 거친 소리보다 더 컸다. 영국인의 목소리는 아니었던 것이 확실하다. 독일인의 목소리 같아 보였다. 여자의 목소리였을 수도 있다. 독일어를 알아듣지는 못한다.

위에 언급된 4명의 소환된 증인들은 레스파네 양의 시신이 발견된 방의 문이 내부에서 잠겨 있었다고 했다. 신음이나 어떠한 잡음도 들리지 않았고 완벽한 침묵 상태였다. 문을 강제로 열고 들어갔을 때 아무도 보이지 않았다. 앞과 뒷방의 창문들은 모두 내려져 있었고 안에서부터 굳게 잠겨있었다. 두 방 사이의 문은 닫혀 있었지만 잠겨있지는 않았다. 바깥방에서 복도로 통하는 문은 잠겨있었고 열쇠가 안쪽에 있었다. 집의 정면에 있는 4층 복도의 막다른 곳에 있는 작은 방의 문은 조금 열려 있었다. 이 방은 낡은 침대들과 상자 같은 물건들로 가득 차 있었다. 이 물건들은 조심스럽게 치워져 조사되었다. 그리고 집안에서 주의 깊게 조사되지 않은 부분은 거의 없었다. 굴뚝 청소기가 굴뚝 위아래로 오르내렸다.

건물은 다락방(망사드르)이 있는 4층 건물이었다. 지붕에 붙은 뚜껑문은 단단히 못이 박혀 있었고 - 여러 해 동안 열린 일이 없는 것 같았다. 싸우는 소리가 들렸을 때와 문을 부수고 들어갔을 때 사이의 경과시간에 대해서는 증인들의 진술이 다양했다. 어떤 사람들은 3분밖에 안 되었다고 했으며- 또 다른 사람들은 5분이 걸렸다고 했다. 문은 어렵게 열렸다.

장의사 알폰조 가르시오의 증언에 의하면, 그는 모르그 가에 살고 있으며, 스페인 태생으로서, 집안으로 들어간 사람 중 한 명이다. 계단을 올라가지는 않았다. 예민해서 사태의 결과에 대해 알고 있었다. 싸우는 소리를 들었는데 거친 소리는 프랑스인 목소리였다. 말하는 것을 구분할 수는 없었다. 날카로운 쪽은 영국인의 목소리였다 - 이것은 확실하다. 영어는 이해하지 못하지만 억양으로 판단한 것이다.

제과업자 알베르토 몽타니의 증언에 의하면 그는 처음에 계단을 올라간 사람 중 한 명이었다. 문제의 목소리들을 들었는데 거친 목소리는 프랑스인 목소리였다. 몇 단어는 구분할 수 있었다. 그는 타이르고 있는 것처럼 보였다. 날카로운 목소리의 단어는 구분할 수 없었다. 빠르고 고저(高低)가 있게 말했으며 러시아인의 목소리라고 생각한다. 전반적인 증언을 확증한다. 본인은 이탈리아인이며 러시아인과 이야기를 해본 적은 없다.

소환된 몇몇 증인들은 4층에 있는 모든 방의 굴뚝은 좁아서 사람이 통과할 수 없다고 증언했다. 굴뚝 청소기는 굴뚝 청소를 위해 고용된 사람들이 사용하는 원통형의 청소용 솔을 의미하는데 이 솔들로 집안에 있는 굴뚝이란 굴뚝은 모두 쑤셔 보았다. 이들이 올라갈 때 보니 사람이 내려갈 만한 뒤쪽 통로는 없었다. 레스파네 양의 시체는 굴뚝에 꽉 끼어 있어서 4, 5명이 합세하고 나서야 끌어내릴 수 있었다.

의사 폴 뒤마는 이렇게 증언한다. 그는 새벽 무렵에 시체를 검시하기 위해 불려 나왔다. 그때 두 구의 시체 모두, 레스파네 양이 발견되었던 방 침대 시트 위에 누워 있었다. 젊은 숙녀의 시체는 타박상이 심했고 할퀸 상처가 많았다. 굴뚝 안으로 밀어올려졌다는 사실이 이러한 외상(外傷)에 대해 충분히 설명을 해줄 것이다. 목이 심하게 긁혀 있었다. 턱 바로 밑에 몇 개의 할퀸 상처가 깊게 나 있었으며, 또한 납 빛깔의 반점이 한 줄로 늘어서 있는데 손가락으로 누른 흔적이 분명하다. 얼굴은 끔찍하게 변색되어 있었다. 안구가 돌출되어 있었고 혀의 일부는 물려서 손상되어 있었다. 명치에 있는 커다란 타박상은 분명히 무릎으로 눌려서 생긴 것이다. 뒤마 씨의 소견에 의하면 레스파네 양은 알려지지 않은 한 사람 또는 여러 사람에 의해 목 졸려 숨졌다. 어머니의 시체는 끔찍하게 절단되어 있었다. 오른쪽 다리와 팔의 모든 뼈가 다소 부서졌고 왼쪽의 모든 늑골뿐만 아니라 왼쪽 경골이 심하게 부러져 있었다. 온 몸이 엄청난 상처를 입어 변색되었다. 이러한 상해가 어떻게 가해졌는지 말하기는 불가능하다. 무거운 나무 곤봉 또는 넓은 쇠막대(의자)나 어떤 크고 육중한 무기가 매우 힘이 센 남자의 손에 의해 사용이 된다면 이런 결과를 낳았을 것이다. 어떤 무기를 사용하든 여성이 이런 가격을 할 수는 없었을 것이다. 증인들이 보았을 때 시신의 머리가 완전히 몸에서 분리되었고 또한 심하게 부서져 있었다. 목은 분명히 무엇인가 매우 예리한 도구(아마도 면도칼)로 잘려져 있었다.

외과의사 알렉산드르 에티엔느는 시체를 검시하기 위해서 뒤마 씨와 함께 불려 나왔다. 그는 뒤마 씨의 증언 및 소견을 뒷받침해 주었다.

다른 여러 사람들이 조사를 받았지만 중요한 점은 더 이상 아무것도 나오지 못했다. 모든 특징 면에서 이렇게 수수께끼에 싸이고 당혹스러운 살인은 파리에서 이전에 결코 일어난 일이 없었다. 경찰은 완전히 어찌할 바를 모르고 있다. 이런 종류의 사건에서 흔치 않은 경우이다. 그러나, 아직 분명한 단서가 잡힐 기미도 없다.

그 신문의 석간은 생 로슈 구(區)에 극도의 흥분상태가 아직 계속되고 있다고 기술했으며 그 집은 조심스럽게 재조사되고 있고 증인들에 대한 재조사가 시작되었지만 모두 소득 없이 끝이 났다. 그러나 기사는 이미 세부적으로 언급된 사실 이외에 아돌프 르 봉이 죄가 있다고 할 만한 점이 아무것도 없음에도 체포되었고 수감

중이라고 보도했다.

 뒤팡은 이 사건의 진전에 대해서 이상할 정도로 흥미를 느끼고 있는 것 같았다. 적어도 그의 태도로 보아 그렇게 판단했다. 왜냐하면 그는 이 사건에 대해 아무런 말도 하지 않았기 때문이다. 르봉이 수감되었다는 발표가 있은 후에야 비로소 그는 나에게 이 살인사건에 대한 견해를 물었다.

 나는 단지 이 살인사건을 해결 불가능한 미스터리로 생각하는 모든 파리 시민의 의견에 동의할 수밖에 없었다. 나는 살인범을 추적할 방법이 없다고 보았다.

 "우리는 이런 얄팍한 조사에 의한 방법으로 판단해서는 안 되지."라고 뒤팡이 말했다. "파리의 경찰이 명석함으로 칭찬을 받지만 그저 약삭빠르기만 하지 그 이상은 아니네. 그들의 조사절차에서 임기응변 이상의 방법은 없어. 경찰들은 다양한 방법들을 사용하지만 종종 이러한 방법들은 제안된 목적에 잘못 적용되어서 쥬르뎅 선생이 나에게 음악을 잘 듣기 위해 실내복을 가져오라고 했던 말이 생각이 날 지경이네. 그들이 도달한 결과에는 간혹 놀라운 것도 있지. 그러나 대부분의 경우 이러한 결과는 단순한 근면성과 활동을 통해 생겨나는 것일 뿐이라구. 이러한 근면과 활동이 통하지 않을 때 그들의 계획은 실패하게 돼. 예를 들면 비독은 추리력이 뛰어나고 끈기가 있는 사람이야. 그러나 교육된 사고가 없이 그는 조사하는 강도에 의해 계속적으로 실수를 했어. 그는 사물을 너무 가까이 다가가 봤기 때문에 잘 볼 수가 없었지. 한두 가지는 아마 매우 선명하게 보았을 수도 있지만 그러나 그렇게 함으로써 필연적으로 전체적인 사물을 보지 못했어. 결과적으로 너무 지나치게 깊어지는 그런 점이 있네. 진리가 항상 우물 안에만 있는 것은 아니지. 사실 중요한 지식은 언제나 피상적인 것이라고 믿네. 깊이는 우리가 지식을 찾는 계곡에 있는 것이지 진리가 발견되는 산꼭대기에 있는 것은 아니라네. 이러한 종류의 실수나 원천은 천체(天體)를 응시할 때 잘 정형화되어 나타나지. 망막 안쪽보다는 약한 빛에 더 민감한 바깥쪽으로 눈을 돌려 옆으로 흘끗 보게 되면 별을 더 뚜렷이 보게 되지. 이 빛은 우리가 똑바로 보는 것에 비례해서 어둡게 되거든. 후자의 경우 훨씬 더 많은 광선이 실제로 눈에 들어오게 되지만 전자의 경우 이해를 위해 더 세밀한 능력이 있지. 과도하게 깊이 들어가면 우리는 생각이 복잡하게 되고 사고를 약하게 만들어버리는 거라네. 그리고 심지어 너무 지속적으로, 지나치게 집중하거나 또는 지나치게 직접적으로 보게 되면 심지어 샛별(금성)도 보이지 않을 수 있지.

이번 살인 사건의 경우는 이와 관련된 우리 의견을 결론짓기 전에 우리 스스로 조사를 좀 해보자고. 조사해보면 꽤 재미있을 거야.(나는 재미라는 말이 여기에서는 이상하게 사용되었다고 생각했지만 아무 말도 하지 않았다.) 게다가 르 봉은 전에 내가 꼭 감사해야만 할 일을 해준 적이 있거든. 우리 눈으로 직접 그 집을 가서 보세. 나는 G경찰국장을 알고 있으니까 필요한 허가를 받는데 어려움이 없을 거야."

허가를 얻고 나서 우리는 곧바로 모르그 가로 향했다. 이곳은 리셜리외 가와 생 로슈 가 사이에 있는 보잘 것 없는 거리였다. 모르그 가는 우리가 사는 곳에서 상당히 멀리 떨어진 구역이어서 오후 늦게야 도착하였다. 집은 쉽게 찾을 수 있었다. 아직도 많은 사람들이 별다른 목적 없이 호기심으로 닫힌 덧문을 길 건너편에서 올려다보고 있었기 때문이다. 전형적인 파리식 주택으로서 현관이 있고 그 한 쪽에 유리창이 달린 지켜볼 수 있는 장소가 있고 감시소가 있는데, 창에 '감시원 숙소'라고 써 붙인 미닫이 유리가 끼어 있었다. 안으로 들어가기 전에 우리는 그 거리를 올라가 뒷골목으로 돌고 다시 한 번 돌아서 건물의 뒤를 지나갔다. 그러는 동안 뒤팡은, 내가 보기에 왜 그러는지 이유를 알 수 없는 세심한 관심을 기울이며 그 집 뿐 아니라 전체 이웃을 관찰하였다.

우리는 왔던 길을 되돌아가며, 다시 한 번 그 집 앞으로 와서 벨을 울리고 허가증을 보여주면서 책임자에게 출입허가를 받았다. 우리는 레스파네 양의 시체가 발견된 방으로 이어지는 계단을 올라갔다. 그곳에는 아직 시체가 두 구 누워 있었다. 방안의 혼란스런 상태는 원래 그대로였다. 나로서는 〈트리뷰노〉지에 보도된 것 이상의 사실을 볼 수 없었다. 뒤팡은 세밀히 조사를 진행하였고 희생자들의 사체도 예외는 아니었다. 우리는 그러고 나서 다른 방과 마당으로 갔다. 경관 한 명이 계속 우리와 동행했다. 조사는 계속되었고 우리는 어두워진 후에야 집을 떠났다. 집으로 오는 길에 내 친구는 어떤 신문사에 잠시 들렀다.

내 친구의 변덕은 여러 가지라고 내가 말한 바 있다. Je les menageais! [줄레 메나지 : 나는 반대하지 않고 맘대로 하게 두었다 또는 마음에 걸리지 않도록 잘 처리하였다는 뜻] 이 표현에 딱 맞는 영어표현은 없다. 지금 그의 유머는 살인이라는 주제에 관해 모든 대화를 줄이고 있다가 다음날 정오가 되어서야 말을 꺼내는 것이다. 그러고 나서는 갑자기 그 잔혹한 장면에서 어떤 특별한 것을 내가 관찰했는지를 물었다.

뒤팡이 '특별한'이라는 말을 강조하는 그의 방식에서 무엇인가가 있었는데, 그것이 이유는 모르겠지만 나를 떨리게 만들었다.

"아니, 아무 특별한 것도 보지 못했어. 적어도 우리 둘 다 신문에서 읽었던 것 이상으로 본 것은 없었네."하고 내가 말했다.

"내가 걱정하는 점은 그 신문이 이 사건의 기이한 공포성을 알아차리지 못하는 것 같네." 그가 대답했다. "하지만 그 신문의 쓸데없는 견해 따위는 무시해버리게나. 내가 보기에는 쉬운 해결 방안일 수도 있기 때문에 이 미스터리가 풀릴 수 없는 것처럼 생각하는 것 같군. 내 말은 사건의 겉으로 본 특징 때문에 그렇단 말일세. 경찰은 그럴 듯한 동기의 부재로 인해 혼란스러워 하고 있네. 살인 사건 그 자체가 아닌 살인의 잔혹성에 대한 동기가 없어서 말일세. 경찰들은 또한 다투는 것으로 들렸던 소리와 윗층에서 살해된 레스파네 양 이외에는 아무도 발견되지 않았던 점, 올라오는 사람들에게 들키지 않고 도망칠 수 있는 방법이 없었다는 점 등을 상식적으로 연관시킬 수 없다는 점에 대해 무척 당황하고 있지. 거칠게 어질러진 방, 머리가 밑으로 향한 채 굴뚝 위로 끌어올려진 시체, 노부인의 절단된 시신, 이러한 사실과 앞서 말한 일들, 그리고 내가 언급할 필요가 없는 다른 사실들이 탁월한 파리 경찰의 유능함을 곤경에 빠지게 하여 그들의 힘을 마비시켜 버렸어. 그들은 특별한 것과 난해한 것을 혼동하는, 크고 또 흔한 실수에 빠져 버렸지. 그러나 이런 일상적인 면에서 떨어져야만 이성이 진실을 찾아갈 수 있는 거야. 지금 우리가 하고 있는 조사에서 '어떤 일이 일어났느냐?' 보다 '일어난 일 가운데 전에 없었던 일이 어떤 것인가?'를 물어야만 해. 사실상 우리가 이 사건의 해결점에 도달하게 될 혹은 이미 도달해 버린 평이성(平易性)은 경찰의 눈에 해결될 수 없다고 보이는 것과 정비례하고 있다네."

나는 깜짝 놀라 말도 못하고 그를 쳐다보았다.

"나는 지금 기다리고 있어." 문 쪽을 응시하며 그가 계속했다. "나는 지금 비록 아마도 이런 잔인한 범죄의 범인은 아니지만 어떤 면에 있어서 이 범죄와 연루되어 있는 사람을 기다리고 있네. 이 범죄의 가장 최악의 경우는 아마도 그가 무고할 수도 있다는 점이네. 이 가정이 옳기를 바라네. 왜냐하면 이 가정 하에 수수께끼 전체를 푼다고 생각하고 있으니까."

나는 여기 이 방에서 그 사람을 매 순간 계속 찾고 있네. 사실 그가 오지 않을 수도 있지만, 그러나 아마 올 거야. 만약 온다면 붙잡아 두어야만 할 거야. 여기 권총이 있어. 우리 둘 다 이것을 사용해야 할 때 어떻게 사용하는지 다 알고 있지."

뒤팡이 마치 독백하듯이 말을 계속하는 동안, 나는 내가 무엇을 해야 하는지 알지 못하고 내가 들은 것도 믿지 않은 상태에서 권총을 손에 들었다. 나는 이런 때 그의 추상적인 방법에 대해 이미 말한 바 있다. 그의 이야기는 나에게 하고 있는 것이다. 그러나 그 목소리는 결코 높지 않았지만 보통 때 훨씬 먼 쪽에 있는 사람한 테 말하는 것 같은 억양을 가지고 있었다. 눈의 표정은 공허한 채 로 오로지 벽만을 지켜보았다.

"계단 위에 있던 사람들이 들었다고 하는, 싸우는 목소리는 여 자들의 목소리가 아니었어. 이는 충분히 증거로 입증이 된 것이니까. 이것은 우리에게서 노부인이 먼저 딸을 죽이고 나중에 자살을 했을지도 모른다는 의심을 지워주지. 나는 주로 방법적인 면에서 이 점을 이야기하고 있네. 레스파네 부인의 힘으로는 분명히 딸의 시체를 발견된 것처럼 위로 끌어올리지 못할 테니까. 그리고 그녀 자신에게 나있는 상처의 성질은 자살이라는 가능성을 완전히 배제하게 하지.

그렇다면 살인은 누군가 제삼자가 한 거야. 그리고 제삼자의 목소리는 다툴 때 들린 목소리야. 이번에는 이 목소리에 관한 전체 증언이 아닌, 증언에 나타난 특이한 점으로 주의를 돌려보자고. 자네는 이 점에 대해서 뭔가 특이한 것을 느끼지 못했나?"

나는 거친 음성에 대해서는 증인들이 다 프랑스인의 목소리라고 증언이 일치했지만, 날카로운 목소리, 즉 한 증인이 말한 귀에 거슬리는 목소리에 대해서는 증인들의 의견에 차이가 있었다고 말했다.

"그것은 증거 그 자체야." 뒤팡이 말했다. "그러나 증거의 특이함은 아니었지. 자네는 아주 두드러진 것을 발견하지 못하였군. 그러나 관찰할 만한 것이 있었지. 자네가 말하듯이 증인들은 거친 음성에 대해서는 의견이 일치했어. 증인들이 만장일치였지. 그러나 날카로운 소리에 있어서는 그 특이한 점은 그들의 의견이 다르다는 것이 아니라 이탈리아인, 영국인, 스페인인, 네덜란드인, 프랑스인이 각각 이를 설명하면서 다 같이 외국인의 목소리라고 했다는 점이야. 각자 자기나라 사람의 목소리가 아니라고 확신하고 있어. 각자 자신들이 정통한 언어의 목소리가 아닌 그 반대라고 믿고 있어. 프랑스 사람은 그것을 스페인 사람의 말이라고 추정하여 '내가 스페인어를 알았다면 몇 마디쯤은 알아들었을 텐데'라는 말을 했지. 네덜란드 사람은 프랑스어였다고 주장하는데 우리는 그가 '프랑스어를 모르기 때문에 통역을 통해 조사를 받았다'는 점을 알고 있지. 영국인 역시 독일 사람의 목소리라고 생각하지만 '독일어를 이해하지는 못한다'고 했지. 스페인 사람 또한 영국 사람의 목소리인 것이 '확실하다'고 생각하면서 '그는 영어를 하나도 몰라서' 거의 음의 '억양으로 판단한' 것이지. 이탈리아 사람은 러시아 사람의 음성으로 믿고 있으면서도 '러시아 사람과 말해본 적은 없다'는 거야. 게다가 또 다른 프랑스 사람은 앞의 프랑스 사람과는 달리 그 음성을 이탈리아 사람의 목소리로 믿고 있지만, 이탈리아어를 모르기 때문에 스페인 사람과 마찬가지로 '음의 억양으로 확신한다'고 하였어. 자, 이러한 증언을 통해서 짐작할 수 있는 목소리란 정말로 기묘하기 그지없는 목소리야! 그 음성은 유럽의 5개 국가의 사람들도 전혀 들은 적이 없는 음성이었던 거야! 자네는 아시아 사람 또는 아프리카 사람의 음성일지도 모른다고 말하겠지. 그러나 아시아 사람이나 아프리카 사람들 어느 쪽도 파리에 거의 없네. 그렇지만 나는 그러한 추리를 부정하지 않고 단지 여기서 세 가지 점에 대해 지적을 하겠어. 그 음성을, 한 증인은 '날카롭다기보다 귀에 거슬린다'라고 정의했어. 다른 두 명은 '빠르고 고저가 있는' 것이라고 말했으며, 어떤 단어나 단어와 비슷한 소리도 증인들이 식별할 수 있는 것은 아니었어."

뒤팡이 계속 말을 이었다. "내가 지금까지 자네 스스로의 이해력에 어떠한 인상을 줄 수 있었을지 잘 모르겠네. 그러나 나는 증언의 이 부분 — 그 거친 소리와 날카로운 음성에 대한 — 을 중심으로 한 합리적인 유추만 가지고도 이 미스터리 사건에 대한 조사가 더 나아갈 수 있는 방향을 충분히 제시할 수 있는 의구심이 생긴다고 주저 없이 말할 수 있네.

내가 '합리적인 유추'라고 했는데 이것만으로는 내가 하고 싶은 말을 충분히 표현하지는 못하네. 나는 이 추론이 유일하게 합당한 추론이라는 사실과 또한 의혹이 오직 하나의 결과로서 이것들로부터 필연적으로 일어난다고 말하고 싶었던 거야. 그러나 의혹이 무엇인지 지금은 말하지 않겠네. 단지 자네가, 내 자신과 함께 어떤 일정한 형태 즉 어떤 확실한 경향을 그 방에서의 조사에 던져주기 충분한 힘을 가진 것이라는 점을 기억해주기를 바라네."

지금 가상으로, 우리 둘이서 그 방에 갔다고 가정해 보세. 첫째 우리는 그곳에서 무엇을 찾겠는가? 살인범이 도망쳐 나간 방법이야. 우리 둘 다 초자연적인 현상 같은 건 믿지 않아. 그리고 레스파네 모녀는 유령에게 살해된 것이 아니지. 이 행위를 한 자는 실체가 있으며 물리적으로 도망을 친 거야. 그렇다면 어떻게 한 걸까? 다행히 이 점에 대해서는 추리할 수 있는 방법이 단 한 가지 있어. 그 방법이 우리를 어떤 일정한 결과로 유도해 줄 것임에 틀림없어. 도주할 수 있는 방법을 하나하나 조사해 보기로 하지. 일동이 계단을 올라갔을 때 레스파네 양이 발견된 방이나 적어도 그 인접한 방에 살인자들이 있었던 것은 확실해. 그렇다면 우리가 찾아야 할 출구는 이 두 방뿐이야. 경찰은 바닥이고 천장이며 벽의 돌을 샅샅이 뒤져보았지. 이들의 눈을 벗어날 수 있는 비밀 출구는 없었을 거야.

그러나 나는 그들의 눈을 믿지 않고 내 자신의 눈으로 조사해 봤어. 그러자 비밀의 문 같은 것은 없었어. 방에서 복도로 나가는 문은 둘 다 단단히 잠겨 있었어. 이번에는 굴뚝으로 가보지. 이것은 난로 위에 보통 넓이로 팔구 피트쯤 되는 높이였으므로 이곳으로는 고양이라도 큰 놈은 통과할 수 없어. 따라서 그와 같은 방법으로는 도망칠 수 없는 게 확실하므로 이제 남아 있는 것은 창문뿐이지.

정면 쪽에 위치한 방의 창문을 통해서는 그 누구라도 거리에 있는 군중에게 들키지 않고 도주할 수는 없어. 그렇다면 범인은 뒤쪽 방 창문을 통해서 나갔음에 틀림없어. 우리가 정확한 추리를 통해서 얻어낸 결론이므로, 얼핏 보기에 불가능하다는 이유 하나만으로 받아들이지 않는다는 것은 우리와 같이 추리하는 사람으로서 우리의 부분은 아니네. 겉으로 보기에 불가능한 것이 사실은 그렇지 않음을 증명하는 일이 우리에게 남겨져 있을 뿐이야.

그 방에는 창문이 두 개 있어. 그중 하나는 가구로 가려지지 않아서 전체가 보이지. 또 다른 창문의 낮은 부분은 창 가까이 붙은 침대의 머리 때문에 가려져 보이지 않았네. 처음에 말한 창문은 안으로 견고하게 잠겨 있었어. 그 창을 사람들이 들어 올리려고 안간힘을 쓰는데도 꼼짝도 하지 않았어. 그리고 창틀 왼쪽에 커다란 송곳 구멍이 뚫려 있었고 그 안에 무척 굵은 못이 거의 머리까지 박혀 있었네. 또 하나의 창을 조사해 보니 비슷한 못이 비슷하게 박혀있는 것이 보였지. 그래서 이 창문을 안간힘을 써 올리려고 했지만 역시 되지가 않았어.

그 때문에 경찰은 이쪽 방향으로 나갔을 리가 없다고 완전히 단정 지어 버린 거야. 그러므로 못을 뺀 다음 문을 열어보는 일은 쓸데없는 짓이라고 생각해 버린 거지.

그러나 나의 조사는 좀 더 특별했어. 그것은 방금 말한 이유 때문인데 즉 겉으로 보기에 불가능하게 보이는 모든 것이 실제로는 그렇지 않다는 것이 입증되어야만 한다는 것을 알고 있었기 때문이야.

나는 귀납적으로 추리해 나갔지. 살인자들은 이들 창문 중 하나로 도망친 것이 분명해. 그렇다면 창문이 처음에 발견되었을 때처럼 그들이 안쪽에서부터 그렇게 닫을 수는 없었을 거야. 이런 분명한 점을 통해 이러한 생각이 경찰로 하여금 이 영역에 대한 수사를 중단시킨 거야. 그러나, 문은 닫혀 있었어. 그렇다면 이 창문은 스스로를 닫히게 하는 힘을 가지고 있는 것이 틀림없어. 이 결론은 분명한 것이네. 나는 전체가 다 보이는 창으로 가서 힘들여 못을 뽑고 난 다음에 창문을 올리려고 해봤어. 예상대로 나의 모든 노력에도 열리지 않았지. 지금 알게 되었지만 숨겨진 스프링이 틀림없이 있는 거야. 또한 이런 내 생각의 확증으로 나는 못에 대한 나의 전제가 적어도 옳았다는 것을 확신했지만 못을 둘러싼 환경에 대한 의구심은 여전히 의문이었지. 면밀한 조사로 숨겨 놓은 스프링을 곧 발견할 수 있었네. 나는 그것을 눌러보고는 발견에

만족하면서 창문 올리는 것은 그만두었지.

이번에는 못을 바꾸고 신중하게 살펴봤어. 이 창문으로 나간 사람은 창문을 다시 닫았을지도 몰라, 그리고 스프링은 걸렸겠지. 그러나, 못을 전처럼 박아놓을 수가 없었을 거야. 결론은 명백했고 다시 한 번, 내 조사 범위는 좁혀진 거야. 살인자는 다른 창문으로 도망친 게 확실했어. 각 창틀의 스프링이 똑같다고 가정하면, 양쪽 못에는 적어도 못이 고정된 방법에 차이가 있어야 되는 거야. 나는 침대 매트리스로 올라가서 침대 머리를 가린 판 너머로 두 번째 창문을 면밀히 조사해 봤지. 판 뒤로 손을 밀어보자 이내 스프링을 발견하고는 눌렀지. 예상대로 그것은 옆의 창문의 것과 특징 면에서 동일한 것이었지. 그 다음에는 못을 보았어. 이것 또한 다른 것과 마찬가지로 단단했으며 겉으로 보기에 동일한 방식으로 거의 머리까지 박혀 있었어.

자네는 내가 당황했을 거라고 말하겠지. 그러나 자네가 그렇게 생각한다면 귀납적 추리의 성질에 대해 이해하지 못하고 있다는 얘기일세. 사냥 용어를 빌리자면 나는 단 한 번도 '사냥감 냄새를 놓친' 적이 없다네. 추리 사슬의 어떤 연결 고리에도 결함은 없었지. 나는 이 비밀을 최종적인 결과까지 추적했어. 바로 결론은 못에 있었지.

그것은 실제로 다른 창문에 있는 것과 똑같은 모양이었지. 그러나 이 사실도 결정적으로 보일지 모르지만 여기서 단서가 끝났다고 하는 때와 비교한다면 아무 것도 아니네. '못에 무엇인가 잘못된 것이 있음에 틀림없어' 라고 말하며 나는 그것을 만져보았네. 그러자 못의 머리에서 1/4인치쯤이 내 손에 툭 떨어지더라고. 못의 나머지는 구멍 안에서 부러져 있었지. 오래전에 부러졌던 모양이야. 왜냐하면 끝이 온통 녹슬어 있었으니까. 분명히 망치로 때려서 그렇게 되었던 것인데 망치로 박을 때 못의 머리 부분이 아래의 창틀바닥의 윗부분에 조금 박혔던 거야. 이번에는 못의 머리 부분을 다시 원래자리에 조심스럽게 대보았지. 그러자, 그야말로 완전한 못으로 보이더군. 부러진 곳이 보이지 않았어. 스프링을 누르고 창틀을 몇 인치 정도 올려봤지. 못의 머리가 구멍에 딱 박힌 채 함께 올라갔어. 문을 닫자 다시 완전한 한 개의 못처럼 보이는 것을 알 수 있었어.

여기까지, 수수께끼는 이제 풀린 거야. 범인은 침대 위에 있는 창문으로 도망친 거야. 그가 나가자 창문은 저절로 떨어져(아니면 의도적 닫았는지도 모르지만) 스프링에 의해 꽉 잠겨 버린 거야. 못 때문에 잠긴 것으로 경찰이 착각하게 된 것은 바로 이 스프링이었어. 더 이상의 조사가 불필요하다고 생각하게 된 거지.

다음 문제는 내려가는 방법이야. 이 점에 대해서는 자네하고 건물 주위를 둘러보았을 때 충족되었어. 문제의 그 창문에서 약 5.5피트 정도 떨어진 곳에 피뢰침이 하나 있었거든. 이 피뢰침으로부터 방으로 들어간다는 것은 말할 것도 없고 누군가가 창문에 직접 손을 댄다는 것은 불가능했을 거야. 그렇지만 내가 관찰해보니 그 4층에 달린 덧문이 파리의 목수들이 '페라데'라고 부르는 조금 특수한 종류의 창문이더라고. 지금은 잘 사용되지 않지만, 리용이나 보르도의 아주 오래된 저택에서 자주 볼 수 있는 종류의 것이지. 일반적인 문(두짝 문이 아니라 외짝 문)처럼 되어 있는 데 다른 점이 있다면 단지 밑의 절반이 창살로 되어 있다는 것이야. 따라서 손으로 잡기가 아주 쉬워. 그런데 현재 이 덧문은 폭이 3피트 반이나 돼. 우리가 집 뒤에서 보았을 때 덧문들은 둘 다 반쯤 열려 있었는데 벽과 직각으로 보이는 위치에 서 있었던 거야. 경찰에서도 우리들처럼 집 뒤쪽을 조사했겠지. 그렇지만 페라데를 정면에서 보아서는(분명히 그랬을 거야) 덧문의 폭이 넓다는 것을 알 수 없었거나 고려하지 못했을 거야. 이쪽으로는 도망갈 수 없다고 일단 단정을 내리고 자연히 수사는 소홀히 끝나 버리고 말았을 거야.

그러나 내가 보기에 침대 머리에 있는 창의 덧문을 충분히 벽쪽으로 밀어 열면 피뢰침에 이 피트 이내로 접근할 수도 있다는 게 분명했어. 또한 특별한 정도의 용기와 행동을 가지고 피뢰침에서 창문으로 들어갈 수 있다는 것 또한 분명했지. 이 피트 반 정도만 팔을 뻗치면(그 덧문이 완전히 열려있다는 가정 하에) 범인은 격자부분을 확실하게 붙잡을 수 있었을 것이네. 이어 피뢰침을 놓고 발을 벽에 안전하게 잘 디디고는 과감하게 차오르면 페라데가 닫히도록 밀었을 것이네. 그때 창문이 열렸다고 가정하면, 몸도 방안까지 뛰어들 수 있었겠지.

이렇게 위험하고 어려운 곡예를 제대로 해내려면 특별한 활동력이 필요하다고 내가 말했던 것을 특히 마음에 담아두길 바라네. 첫째로 나는 이런 식으로 이루어졌을 수도 있다는 것을 자네한테 알려주고자 한 것이고 두 번째이자 중요한 점은 그렇게 할 수 있는 민첩한 동작은 극히 특별한 거의 초인간적인 성질이 아닐 수 없다는 것을 자네가 알아주길 바라네.

자네는 틀림없이 법률 용어를 사용하면서 '나의 진술을 입증하기 위해서' 내가 이에 필요한 활동력을 최대한 평가하려고 주장하기보다는 오히려 낮게 평가해야 한다고 말할 거야. 법률의 관례로서는 그럴는지도 모르지만 이것은 사고를 사용하는 게 아니지. 내 궁극의 목표는 오로지 진실뿐이니까. 나의 당면 목적은 지금 말한 특별한 운동능력과 어느 국적의 언어인지 어떤 두 사람의 의견도 결코 일치하지 않았고 발성에서 한 마디도 알아들을 수 없었던 문제의 극히 특이하고 날카로우며(혹은 귀에 거슬리는) 또한 고저가 있는 음성이 만나는 곳에 자네를 데리고 가는 것이지."

이 말을 듣자, 뒤팽이 말하는 의미가 모호하고 반쯤 형태를 갖춘 개념으로 내 머리를 스치고 지나갔다. 나는 이해할 힘이 없으면서 곧 이해하기 직전인 것처럼 보였다. 사람은 가끔씩 결국 기억해내지 못하면서도 기억이 날 것 같은 때가 있다.

뒤팽이 말을 이었다. "내가 문제를, 나가는 방법에서 들어가는 방법으로 옮긴 것을 알았을 걸세. 둘 다 동일한 지점에서 동일한 방식으로 작용한다는 생각을 전달하는 것이 내 의도거든. 이번에는 방 내부로 옮겨가 보도록 하자고. 그곳의 상황을 조사해 보잔 말이야. 옷장 서랍 속에 많은 옷가지가 그대로 남아 있는데 도둑을 맞았다는 이야기였어.

그런 결론은 터무니없어. 단순한 추측에 불과해(매우 어리석은 추측이지). 그때 서랍 속에 들어있는 것이 원래부터 서랍 안에 있었던 전부가 아니라는 걸 어떻게 안단 말인가? 부인과 딸은 거의 숨어 살다시피 했어, 손님도 없었고 또한 외출도 거의하지 않았으며 갈아입을 많은 옷도 필요치 않았던 거야. 발견된 옷들은 그녀들이 갖고 있는 것 중에서 제일 좋은 옷들이었어. 만약 도둑이 뭔가를 가지고 갔다면 어째서 제일 좋은 것을 가져가지 않았을까? 왜 다 가지고 가지 않았을까? 어째서 한 아름의 옷가지 같은 것에는 손을 대고 사천 프랑이나 되는 금화는 놔두고 간 것일까? 금화는 버려져 있었단 말이지. 은행장인 미뇨 씨가 말한 거의 전액이 주머니에 담겨져 바닥에서 발견되었어. 그래서 나는 자네가 집 문앞까지 배달된 돈에 대해 말하는 증거로 인해 경찰의 머릿속에서 나온 동기에 대한 서투른 생각은 아예 버리기를 바라네. 이런 일(돈이 전달되고 돈을 받은 사람이 그로부터 삼일 이내에 살해되었다는 것)보다 열 배나 우연히 맞아 떨어지는 일이 심지어 아무런 주목도 받지 못하고 우리 삶에서 매 시간 일어나고 있으니 말이야.

일반적으로 우연의 일치란 확률론(인간의 가장 찬란한 연구 대상이 가장 빛나는 해답을 얻게 되는 것은 이 확률론에 빚지고 있다)에 대해 전혀 알지 못하도록 교육받은 사색가들에게는 커다란 장애물이지. 현재의 경우에서 만약 금이 없어졌다면 삼일 전에 이를 건네다 주었다는 사실이 우연의 일치 이상의 것이 되었을지도 몰라. 동기로서의 이 생각을 확실하게 해 줄 수도 있었겠지. 그러나 지금과 같은 상황에서 만약 금화가 이러한 일의 동기라고 추정한다면 우리는 또한 그 범인이 어처구니없는 바보라서 금화와 (범죄) 동기를 모두 내버렸다고 생각할 수밖에 없는 거야.

이번에는 내가 자네의 주의를 끌게 한 몇 가지 점, 즉 그 이상한 음성과 각별히 뛰어난 민첩성, 그리고 드물게 보는 잔인한 살인 사건에 동기가 없다는 놀라운 사실들을 유념하면서 범행 그 자체를 살펴보도록 하자고. 손으로 목 졸려 죽은 뒤에 굴뚝으로 끌어 올려져 머리가 밑으로 향한 여인이 있지. 일반적인 살인범들은 이와 같은 살인 방법을 사용하지 않네.

무엇보다 피살자를 이렇게 처리하지는 않을 거라고. 시체를 굴뚝 안으로 쑤셔 넣은 수법에는 뭔가 아주 이상한 점이 있음을 인정할 거야. 설령 그렇게 한 사람이 인간 중에서 가장 흉악한 사람이라고 가정한다 하더라도 뭔가 인간의 행위에 대한 일반적인 개념과 전혀 일치하지 않는 이상한 점이지. 또한 몇 사람이 힘을 모아서 간신히 끌어내릴 수가 있을 정도의 틈새에다가 그렇듯 강하게 시체를 끌어 올리는 힘은 도대체 얼마나 대단했을지도 한 번 생각해 보게.

여기서 엄청난 힘이 사용되었다는 것을 알려주는 또 다른 점을 살펴보도록 하지. 난로 위에 있었던 상당히 많은 회색 머리카락이야. 매우 많은 머리카락이었지. 그런데 이 머리카락은 뿌리째 뽑혀 있었어. 자네도 심지어 20~30개의 머리카락을 한꺼번에 뽑는 데 필요한 힘이 얼마나 큰 알 거야. 나뿐 아니라 자네도 그 머리카락을 본 거야. 그 뿌리에는(끔찍한 장면이지만!) 머리 가죽의 살점이 붙어 있었어. 단번에 50만 개의 머리카락을 뽑아냈다는 것은 엄청난 힘이야. 노부인의 목은 단순히 잘린 것이 아니라 머리가 몸에서 완전히 떨어져 나갔지. 도구는 단순한 면도칼이었고 말이야. 자네가 이런 행위에 나타난 야만적 잔인성을 또한 눈여겨보기 바라네. 부인의 몸에 나 있는 타박상에 대해서는 말을 않겠네. 뒤마 씨와 조수인 에티엔느 씨는 그것이 둔기에 의한 것이라고 했지. 여기까지는 이 사람들의 말이 매우 정확해. 둔한 형태의 도구란 말할 것도 없이 마당에 깔린 돌이었거든. 피해자는 침대 위에 있는 창문에서 그쪽으로 떨어진 거야. 이 생각은 지금에 와서 보면 무척 단순한 것 같지만 덧문의 폭을 알아차리지 못한 것과 똑같은 이유로 경찰들은 알지 못했던 거야 – 왜냐하면 못 때문에 창문이 열려졌을 가능성에 대해서는 생각이 닫혀 있었던 거지.

"이제 자네가 이런 것들뿐만 아니라 적절히 그 방 안의 무질서에 대해 생각해 본다면, 우리는 놀라운 민첩성, 초인적인 힘, 야만적인 잔인성, 동기가 없는 살해, 완전히 인간과는 거리가 먼 무섭고 끔찍한 행위, 많은 국가의 사람들에게 이국적인 음성과 분명히 이해할 수 있는 음이 전혀 없는 목소리 등, 이상과 같은 여러 가지 관념을 결부시켜야 되는 입장에까지 온 거야. 그렇다면 과연 어떠한 결과가 생길까? 자네의 상상에 어떤 인상을 주었을까?"

뒤팡이 이렇게 물었을 때 내 몸에 소름이 돋는 것이 느껴졌다. "미친 사람의 소행이었군. 인근 정신병원에서 도망친 발작적인 미치광이 아닐까?"하고 내가 말했다.

"어떤 점에서는 자네의 생각이 전혀 틀린 것은 아냐."하고 뒤팡이 대답했다. "그렇지만 정신병자의 음성은 가장 발작이 심한 때에도 계단에서 들린 그런 이상한 소리와는 결코 일치하지가 않아. 정신병자들도 나라가 있을 것이고 자기 나라 언어가 있어서 아무리 단어에 논리가 맞지 않다고 하더라도 음절이 이어지겠지. 게다가 미친 사람의 머리카락이 지금 내 손에 쥐고 있는 이런 것일 수는 없지. 나는 이 적은 털 묶음을 레스파네 부인의 꼭 쥐고 있던 손가락에서 풀어냈네. 이것으로 자네가 알 수 있는 것을 말해보게."

"뒤팡!" 나는 완전히 겁에 질려 말했다. "이 머리털은 정말로 이상하군. 이것은 사람의 머리카락이 아니란 말이야."

"나 역시 사람의 머리칼이란 말은 하지 않았네."하고 그가 말했다. "그러나 이 점에 대해 우리가 결정하기 전에, 이 종이에 내가 그린 작은 스케치를 봐 주면 좋겠네. 레스파네 양 목에 난 '거무스름한 상처와 깊은 손톱의 흔적' 이라는 부분과 다른 부분에서

(뒤마와 에티엔느 씨에 의해서) '분명히 손가락의 흔적인 일련의 검푸른 반점'이라고 묘사한 것의 실물 모사(模寫)라고."

"자네도 알게 되겠지만." 내 친구는 테이블 위에 그 종이를 펼치면서 계속 말했다. "이 그림을 보면 확실하고 고정되게 붙잡았음을 알 수가 있지. 겉으로 보아서 미끄러짐이 없어. 각각의 손가락이 유지되어 있고 아마도 희생자가 죽을 때까지 그대로 있었지. 원래 파고들었던 대로 무서운 힘으로 쥐고 있었던 거지. 여기에서 자네가 보는 각각의 흔적에 동시에 자네 손가락을 대 보게나."

내가 시도해보았지만 헛수고였다.

"이것으로는 우리가 제대로 된 실험을 했다고 할 수 없을지도 모르지." 뒤팡이 말했다. "이 종이는 평면으로 펼쳐져 있어. 그렇지만 사람의 목은 원통형이야. 여기에 둘레가 사람 목 정도의 몽둥이가 있으니 이 그림을 이곳에 감아가지고 다시 한 번 해보도록."
나는 그의 말대로 해보았다. 그러나 불가능한 것은 이전 경우보다 한층 더 분명했다.
"이것은 사람 손자국이 아냐."하고 내가 말했다.

"자, 그럼 이번에는."하고 뒤팡이 말했다. "퀴비에의 다음 설명을 읽어보게."

그것은 동인도 제도에 사는 황갈색의 큰 오랑우탄에 대한 해부학적 그리고 일반적인 상세한 묘사를 적어놓은 글이었다. 동물의 엄청난 신장이라든가 대단한 팔의 힘 및 활동력을 비롯해서 흉폭한 잔인성과 모방성 등은 이미 사람들에게 널리 알려진 바 있었다. 나는 그 살인이 처참했던 이유를 단번에 깨달을 수 있었다.

"손가락에 대한 설명이." 읽고 난 다음에 내가 말했다. "이 그림과 정확히 일치하는군. 여기 적혀 있는 종류의 오랑우탄이 아니면 자네가 그린 것과 같은 흔적을 남길 수 있는 동물은 없다고 보네. 그리고 이 황갈색의 털들도 퀴비에에 나오는 야수의 털과 똑같은 성질의 것이네. 그러나 나로서는 이 끔찍한 미스터리의 자세한 내용을 도저히 이해할 수가 없구먼. 게다가 서로 싸우는 목소리가 둘이었는데 그중 하나는 확실히 프랑스인의 목소리였잖은가."

"맞아. 그리고 자네는 그 음성에 대한 증언에서 거의 일치한 말 즉 '몽듀(아이구!)'라고 한 말을 기억하겠지. 이러한 상황에서 이 단어가 증인 중의 한 사람(제과업자 몽타니)에 의해 꾸짖거나 또는 타이르는 말이라고 정의되었지. 그래서 나는 수수께끼를 완전히 풀 수 있는 나의 희망을 이 두 단어에 쌓았지. 즉 프랑스인 한 사람이 이 살인을 알고 있었던 거야. 그가 유혈사건에 전혀 참여하지 않았고 무죄일 가능성이 있고, 아니 가능성 그 이상이지. 오랑우탄은 그에게서 도망쳤을 수도 있어. 그는 그 방에까지 쫓아갔는지도 모르지. 그러나 이어서 소란이 일어난 상황에서 결국 붙잡을 수 없었을 거야. 아직도 도주 중이라고. 나는 이러한 추측을 더 이상 하지 않을 거야. 왜냐하면 추측 이상이라고 할 만한 권리가 내겐 없으니까. 그리고 이러한 바탕이 되는 생각의 그림자가 나의 지력으로 이해할 수 있을 만큼 깊지 못하며, 다른 사람이 이해하도록 할 수 없기 때문이야. 우리는 이를 추측이라 부르고 추측으로서 말할 것이야. 만약 우리가 말하는 그 프랑스 사람이 내 짐작대로 범행에 실제로 관계가 없다면 어젯밤 돌아오는 길에 내가 〈르몽드〉(해운업 관련 신문이며 주로 선원들이 많이 읽는다) 신문사에 의뢰했던 이 광고를 보고 그 사나이는 반드시 이 집으로 올 걸세."

그는 나에게 한 장의 신문을 넘겨주었다. 내가 읽은 내용이다.

'포획했음 – 보르네오 종류의 매우 큰 황갈색 오랑우탄 한 마리. 이른 아침(살인 사건이 있었던 날 아침), 볼로뉴 숲에서 암갈색 보르네오 종의 큰 오랑우탄 한 마리가 잡혔음. 소유자(몰타 선박의 선원으로 추정됨)는 자기 소유라는 것을 만족스럽게 증명하고 또한 오랑우탄을 포획하고 돌보는 데 소요된 약간의 비용을 내는 즉시 그 동물을 찾아갈 수 있음. 포브르 생제르맹 교외 X가 XX번지로 찾아오시오.'

"그 사람이 선원이고 몰타 섬 선박의 승무원이라는 것을 어떻게 알 수 있었지?" 내가 물었다.
"나도 잘 모르겠네." 뒤팽이 말했다. "나도 확신할 순 없어. 그렇지만 여기에 리본 조각이 있고, 그 모양이나 기름이 배어 있는 점 등으로 봐서 분명히 선원들이 좋아하는 긴 변발[땋아 늘인 머리]을 묶는 데 사용된 거야. 더구나 매듭으로 보아서 뱃사람이 아니고서는 절대로 묶지 못하는 것이며 또한 몰타 사람 특유의 것이거든. 나는 이 리본을 피뢰침 밑에서 주웠어. 두 피살자의 것일 리는 없어. 그런데 이 리본으로부터 그 프랑스 사람이 몰타 선박회사의 승무원이라고 가정한 내 추리가 틀렸다고 하더라도 광고에 내가 그렇게 쓴 것은 문제가 없어. 만약 틀렸다고 해도 내가 어떤 사정으로 해서 잘못 생각했다고 여길 뿐, 그 상황에 대해 조사하지는 않을 거야. 그러나 만약 내가 옳다면, 큰 이득을 얻을 수 있지. 그 프랑스 사람은 살인과 관계가 없지만 그것을 알고 있으므로 당연히 광고에 반응하여 오랑우탄을 요구하기는 주저할 거야. 그는 이렇게 논리를 세우겠지."

'나는 무고하고, 나는 가난해. 내 오랑우탄은 상당한 값어치가 있지. 나 같은 상황에서는 큰 재산 그 자체이지. 위험하다는 부질없는 생각 때문에 왜 내가 오랑우탄을 잃어야 하는가? 오랑우탄은 여기 내가 닿을 수 있는 곳에 있다. 범행 장소에서 멀리 떨어진 불로뉴 숲에서 발견되었는데 이 짐승이 그런 짓을 했다고 의심을 받겠는가? 경찰은 전혀 알지 못하고 있어. 아직 아무런 단서도 확보하지 못한 거야. 그 짐승을 추적한다 해도 내가 그 살인 사건을 알고 있다는 것을 입증하는 것은 불가능해. 비록 안다고 해도 나를 유죄로 몰아넣지는 못할 거야. 더구나 나에 대해서는 모르고 있지. 그 광고를 낸 사람은 나를 그 짐승의 소유자라고 지정했어. 그가 어디까지 알게 될지 확신할 수는 없는 일이야. 내 소유로 알려진 이렇게 값나가는 물건을 가지러 가지 않는다면 적어도 오랑우탄이 혐의를 받기 쉽게 만들 거야. 나 또는 오랑우탄 둘 중의 하나가 관심을 끄는 것은 내가 원하는 바가 아니지. 광고에 답변을 하고 오랑우탄을 데려와서 이 문제가 조용해질 때까지 숨겨두어야지.'

그 순간 우리는 계단을 올라오는 발소리를 들었다.
"자네는 권총을 갖고 준비하게." 뒤팡이 말했다. "그러나 내가 신호할 때까지 권총을 사용하거나 보여서는 안 되네."

집의 현관문은 열려 있었고, 방문자는 벨을 울리지 않고 들어왔다. 그리고 계단으로 몇 발자국 올라왔다. 그러나 그곳에서 망설이는 눈치였다. 곧 그 사람이 내려가는 소리가 들리기 시작했다. 뒤팡이 급히 문 쪽으로 다가섰지만 그때 재차 올라오는 소리가 들렸다. 두 번째는 돌아가지 않고, 결심을 한 듯 올라와서는 우리 방의 문을 세게 두드렸다.

"들어오세요." 하고 뒤팡이 경쾌하고도 다정한 말투로 말했다.

한 사나이가 들어왔다. 분명히 뱃사람이었다. 키가 크고 다부진 근육질의 사나이로서 약간 공격적인 표정이었지만 아주 매력이 없는 얼굴도 아니었다. 얼굴이 햇볕에 몹시 그을렸으며 절반 이상이 콧수염과 턱수염에 가려져 있었다. 커다란 떡갈나무 방망이를 휴대하고 있었지만 그 외에 소지한 무기는 없는 것 같았다. 그는 어색하게 머리를 숙이고는 프랑스 말투로 "안녕하세요."라고 인사했다. 그의 프랑스 말에는 약간 뇌샤텔[노르망디의 지역] 방언이 있기는 했지만 그런대로 파리 태생이라는 것을 보여주기에 충분했다.

"자, 앉으세요."하고 뒤팡이 말했다. "제가 보기에 당신은 오랑우탄 때문에 찾아오신 것 같은데. 오랑우탄을 가지고 계시니 아주 부럽네요. 정말로 훌륭한 놈이니 분명히 값 비쌀 게 틀림없어요. 그런데 오랑우탄 나이가 얼마나 되었다고 생각하시나요?"

그 선원은 어떤 감당하기 힘든 짐에서 해방된 사람처럼 긴 한숨을 쉰 다음 침착한 말투로 답했다.

"저는 알 수가 없어요. 그러나 기껏해야 네 살이나 다섯 살 정도일 겁니다. 이곳에 있나요?"

"아니요. 여기에는 우리가 오랑우탄을 둘 만한 장소가 없습니다. 바로 근처에 있는 뒤부르 가(街)의 전세 마구간에 있습니다. 내일 아침에 넘겨드리지요. 물론 당신은 오랑우탄의 소유를 증명할 준비는 되어 있으신가요?"

"네, 물론이죠."

"그 녀석과 헤어지는 게 아쉬울 것 같네요."하고 뒤팡이 말했다.

"선생님이 노고에 대해 거저 받을 생각은 아닙니다." 그 사람이 말했다. "전혀 예상치 못했는데. 제가 오랑우탄을 찾게 된 보답은 나름대로 지불해 드리겠습니다."

"음…"하고 친구가 대답했다. "정말 공평하군요. 그럼 생각해보죠. 뭘 받아야 할까요? 오! 그렇지! 답례는 이렇게 해주세요. 모르그 가의 살인 사건에 대해서 당신이 알고 있는 모든 정보를 다 얘기해 주십시오."

뒤팽은 아주 낮은 어조로 조용히 이 마지막 말을 했다. 그리고 조용히 문 쪽으로 걸어가 문을 잠근 뒤에 열쇠를 주머니에 넣었다. 그리고는 가슴에서 권총을 꺼내어 전혀 당황하지 않고 침착하게 그것을 테이블 위에 내려놓았다.

선원의 얼굴은 질식을 당하는 것처럼 뻘게졌다. 그는 벌떡 일어나서 몽둥이를 잡았다. 그러나 그 다음 순간에는 격렬히 떨며 얼굴은 사색이 되어 의자에 주저앉고 말았다. 그는 한 마디도 말하지 않았다. 나는 진심으로 이 사람을 불쌍하게 생각했다.

"형씨!" 뒤팽이 친절한 어조로 말했다. "당신은 불필요하게 겁부터 먹고 있는 거예요 - 우리는 결코 당신에게 해를 끼치려는 게 아닙니다. 우리는 당신에게 해를 가할 의도가 없음을, 신사의 명예를 걸고 그리고 프랑스인의 명예를 걸고 약속합니다. 당신이 모르그 가의 사건에 대해 죄가 없다는 건 제가 잘 알고 있어요. 그러나 당신이 그 일에 어느 정도 관련이 있다는 것을 부정하는 건 좋을 게 없어요. 지금 말한 것으로 보아 내가 이 사건에 대한 정보 수단을, 당신이 꿈도 꾸지 못한 수단을 가지고 있다는 것을 분명 아실 겁니다. 어쨌든 상황이 이렇게 되었습니다. 당신은 피할 만한 일을 전혀 한 적이 없어요. 또한 죄가 될 만한 일은 분명히 하지 않았죠. 당신은 무사히 훔칠 수도 있었을 때도 훔치지 않았으니 그 또한 유죄가 아닙니다. 당신은 숨길 것이 없고 숨길 이유도 없어요. 반면에 명예를 위해 당신이 아는 모든 것을 고백해야 할 의무는 있어요. 지금 무고한 한 사람이 투옥되어 있는데, 당신이 범인이 누군지 지목할 수 있는 그 범죄의 혐의를 받고 있어요."

뒤팽이 이 말을 하고 있는 동안 뱃사람은 상당히 정신을 차렸다. 그러나 당초의 대담했던 태도는 모두 사라져 버렸다.

"맹세컨대,"라고 말하고 짧게 멈춘 뒤에 다시 말했다. "이 사건에 대해서 제가 알고 있는 모든 것을 말씀드리겠습니다. 그렇지만 당신이 내가 말하는 것의 절반도 믿어줄 것이라고 기대하지 않습니다. 내가 그걸 기대한다면 바보겠죠. 그래도 저는 죄가 없고 내가 이 일 때문에 설령 죽어야 한다 해도 깨끗이 털어놓겠습니다."

이 사람이 이야기한 것은 실제로 다음과 같았다. 그는 최근에 동인도 제도를 항해했다. 그와 함께 한 일행이 보르네오에 상륙했고 재미삼아 내륙으로 들어갔다. 그때 그와 친구 한 명이 오랑우탄을 잡았다. 그 친구가 죽게 되었기 때문에 이 동물은 그의 단독 소유가 되었다. 돌아오는 항해에서 이 오랑우탄의 통제하기 힘든 난폭함 때문에 고생을 했지만 그는 마침내 오랑우탄을 그가 살던 파리로 안전하게 데려올 수 있었다. 파리에서 이웃들의 불쾌한 호기심을 끌지 않기 위해, 항해 도중 나뭇조각 때문에 생긴 오랑우탄의 발의 상처가 회복 될 때까지 그는 조심스럽게 오랑우탄을 숨겨두었다. 그의 궁극적인 의도는 오랑우탄을 파는 것이었다.

밤에 다른 선원들과 한바탕 떠들고 집으로 돌아온, 살인 사건이 있던 그날 밤 아니 더 정확히 말해 그날 새벽 그의 침실을 차지하고 있는 오랑우탄을 발견했다. 오랑우탄을 안전하게 가두었다고 생각했던 가까이 붙어 있는 벽장으로부터 오랑우탄이 침투해 들어온 것이다. 중히 가두어 두었다고 생각했던 옆의 작은 방에서 빠져나온 것이다. 면도칼을 손에 들고는 오랑우탄이 얼굴에 온통 비누거품을 칠하고 거울 앞에 앉아서 면도를 하려고 했다. 전에 주인이 하는 것을 작은 방의 열쇠구멍으로 들여다 본 것이 틀림없었다. 매우 난폭하고 면도칼을 잘 사용할 수 있는 동물이 위험한 무기를 손에 쥐고 있는 광경에 겁이 나서 잠시 그는 무엇을 해야 할지 당황했다. 그러나 그는 오랑우탄이 심지어 가장 사나운 때에라도 회초리를 사용하여 조용하게 하는데 익숙했고 이번에도 이 방법을 쓰려고 했다. 회초리를 보자마자 오랑우탄이 단번에 방문을 통해 계단 밑으로 뛰쳐나갔다. 그리고는 불행하게도 열려있던 창문을 통해 거리로 나갔다.

이 프랑스인이 절망적인 심정으로 뒤를 쫓았다. 오랑우탄은 면도칼을 손에 쥐고는 이따금 뒤를 보고 쫓아오는 그에게 제스처를 보내기 위해 멈추었다가 거의 다 따라잡을 때가 되면 다시 도망을 쳤다. 이런 식으로 추격이 오랫동안 계속되었다. 거의 새벽 3시쯤이었으므로 거리는 매우 조용했다. 모르그 가 뒤편 골목 아래쪽으로 내려가다가, 도망자의 시선이 그 집 4층에 있는 레스파네 부인의 열린 창문으로부터 나오는 빛에 고정 되었다.

그 건물로 돌진하여 피뢰침을 보고는 상상할 수 없이 민첩하게 타고 올라가 덧문을 잡았다. 이 창문은 벽까지 뒤로 완전히 젖혀져 있어서 이쪽을 통해 침대의 머리판으로 곧바로 뛰어들었다. 이 모든 행동은 1분도 걸리지 않았다. 그 덧문은 오랑우탄이 들어갈 때처럼 오랑우탄이 차자 다시 열렸다.

그러는 동안, 선원은 기쁘기도 하고 당황스럽기도 하였다. 이제는 피뢰침을 빼고는 도망가지 못하게 막을 수 있고 도망칠 수 없는 곳으로 들어갔기 때문에 그는 오랑우탄을 다시 잡을 수 있겠다는 강한 희망을 가지고 있었다. 반면에 집안에서 무슨 짓을 할지 몰라 걱정스러웠다.

두 번째 생각 때문에 그는 오랑우탄의 뒤를 계속 따라갔다. 피뢰침까지는 어려움 없이 올라갈 수 있었는데, 특히 뱃사람에게는 쉬운 일이었다. 그러나 그의 왼쪽으로 멀리 있는 창문 높이까지 올라갔을 때 그는 행동을 멈췄다. 방의 내부를 힐끔 보기 위해 올라가는 것만이 그가 할 수 있는 최선이었다.

방안을 보고는 너무나 끔찍한 장면으로 인해 그는 잡고 있던 것을 놓칠 뻔했다. 모르그 가에 사는 사람들의 잠을 깨게 한 무서운 비명이 밤에 나타난 것은 바로 그때였다. 잠옷을 입고 있던 레스파네 부인과 딸은 이미 앞서 말한 방 중앙에 있던 철제상자 안에 몇 가지 서류를 정리하고 있었던 것 같다. 철제상자는 열렸고 여기 들어있던 물건들은 그 옆 바닥에 놓여 있었다. 희생자들은 창문을 등지고 앉아 있었음에 틀림이 없다. 오랑우탄의 침입과 비명이 나기까지 경과 시간을 볼 때 즉각 오랑우탄을 알아차리지는 못한 것으로 보인다. 덧문이 펄럭거리는 소리는 자연히 바람 때문으로 여겼던 것 같다.

선원이 들여다보았을 때, 큰 몸집의 동물이 레스파네 부인의 머리카락을 잡았다.(빗질을 해서 머리가 풀어져 있었다.) 그리고는, 이발사의 동작을 흉내 내며 부인의 얼굴에 면도칼을 휘둘렀다. 딸은 쓰러져 움직이지 않았다. 그녀는 기절했던 것이다. 노부인이 비명을 지르며 필사적인 저항을 한 것이(그러는 동안 그녀의 머리카락이 뽑혔다) 오랑우탄의 평화로운 의도를 분노의 목적으로 바꿔놓았다. 단호하게 근육질의 팔을 휘둘러 그녀의 머리를 거의 몸에서 분리시켜버렸다. 피가 솟구치는 장면이 분노를 광기로 불질러버렸다. 이를 갈며 눈에서는 불을 번쩍이며, 딸의 몸으로 뛰어올라가 무서운 손톱을 목에 고정시키고는 죽을 때까지 붙잡고 있었다. 여기저기 갈팡질팡하다 사나운 눈빛이 이제는 침대 머리 쪽으로 갔고 그 너머에는 공포로 굳어버린 주인의 얼굴을 식별할 수 있었다. 분명히 주인의 끔찍한 회초리를 기억하며 이 야수의 분노는 즉각 두려움으로 바뀌었다. 벌을 받을 것을 알고는 자기가 저지른 끔찍한 유혈극을 숨기려는 것 같았다. 오랑우탄은 안절부절 못하여 방을 뛰어다녔다. 움직이면서 가구를 던지거나 부수고 침대틀을 붙잡고 침대를 끌고 다녔다. 결론적으로 오랑우탄이 먼저 딸의 시체를 굴뚝으로 밀어 넣었고 그리고 나서 곧장 노부인의 시체를 창문 밖으로 거꾸로 던져버렸다.

오랑우탄이 잘라낸 시체를 들고 창으로 다가오자, 선원은 놀라 피뢰침 쪽으로 움츠리고는 밑으로 기어 내려왔다기보다는 거의 미끄러져 내려와 바로 집으로 서둘러 돌아갔다. 이 참극에 대한 결과가 걱정스러웠고 공포감에 사로잡혀 오랑우탄의 운명에 대한 걱정 따위는 던져버렸다. 일행이 계단에서 들었던 소리는 오랑우탄의 악귀 같은 소리와 이 프랑스인의 공포와 경악의 외침이 섞인 것이었다.

더 이상 덧붙일 것은 없다. 오랑우탄은 문을 부수고 들어가기 직전에 피뢰침을 타고 도망쳤음에 틀림이 없다. 오랑우탄은 창문을 빠져나올 때 창문을 닫았던 것 같다. 오랑우탄은 그 후에 주인에게 잡혔으며 그는 많은 돈을 받고 식물원에 팔았다. 르 봉 씨는 즉시 석방되었다. 르 봉 씨는 우리가 경찰서로 가서(뒤팡의 약간의 설명으로) 그 동안의 상황을 말하자 즉시 석방되었다. 그러나 내 친구에게 호의를 가지고 있던 경찰국장은 사건의 급반전에 분함을 완전히 감추지 못하고는 모든 사람은 자신의 일만 신경 쓰면 된다며 한두 마디 비꼬는 말을 하였다.

"말하도록 그냥 두게." 대답할 필요가 없다고 생각했던 뒤팡이 말했다. "잔소리하도록 두자고. 그러면 그의 양심이 편해질 거야. 나는 이 사람의 성(城)에서 그를 쓰러뜨린 것으로 만족을 하거든. 그렇지만 저 친구가 이 미스터리를 해결하지 못한 것은 자신이 생각하는 것처럼 놀라운 일이 결코 아니지. 사실 국장은 다소 너무 교활해서 깊이가 없거든. 그의 지혜는 수술[꽃의 생식세포인 꽃가루를 만드는 장소]이 없어. 여신 라벨라처럼 머리만 있고 몸이 없어. 아니면, 대구처럼 기껏해야 머리와 어깨뿐이라고. 그렇지만 따지고 보면 그 친구도 좋은 사람이야. 나는 특히 그 친구의 이따금 하는 위선적인 멋진 말투 때문에 좋아하는 거야. 그것으로 그 친구는 명석하다는 명성을 얻고 있는 거지. 그 친구가 자주 쓰는 방식은 '있는 것은 부정하고 없는 것은 설명하는[장자크 루소의 소설 신 엘르와즈에 나오는 말]' 거라네."

도둑맞은 편지

도둑맞은 편지

지혜에 있어서 지나치게 명민한 것보다 더 미운 것은 없다.

 – 세네카

18xx년 가을, 거친 바람이 불던 어느 날 저녁, 막 어두워졌을 때 나는 파리의 '포브르 생제르맹 뒤노' 가(街) 33번지 4층에서 친구 오귀스트 뒤팡과 함께 그의 작은 서재 책 벽장에서 파이프 담배를 즐기며 명상에 잠겨 있었다. 우리는 적어도 한 시간 이상 의미 있는 침묵을 지켰다. 우연히 이 모습을 본 사람에게는, 방 안의 공기를 답답하게 하는 소용돌이치는 담배 연기 때문에 두 사람이 정신을 잃고 있는 것으로 보였을지도 모르겠다. 그러나 나는 그날 이른 저녁에 뒤팡과 나 사이에 화젯거리가 된 어떤 주제에 대해서 혼자 생각하고 있었다. '모르그 가의 사건'과 '마리 로제'

살인 사건에 관해서 논하고 있었던 것이다. 그러므로 이때, 방문이 열리고 오래된 지인(知人)인 파리 시(市) 경찰국장 G 씨가 등장한 것을 나는 우연의 일치라고 생각했다.

우리는 그를 따뜻하게 환영했다. 왜냐하면 그는 경멸스러운 점도 있지만 남들을 즐겁게 하는 면도 있는 데다가, 여러 해 동안 만나지 못했었기 때문이다. 우리는 컴컴한 방에 앉아 있었고 G가 방 안으로 들어오자 뒤팽이 램프를 켜려고 일어섰는데, G국장이 상당히 골칫거리가 된 공식적인 업무에 관하여 뒤팽의 의견을 묻거나 조언을 들으러 온 것이라고 말하자 램프를 켜려다 말고 앉았다.

"생각을 좀 해야 하는 문제라면" 뒤팽은 G국장이 심지에 불을 켜려하는 것을 지켜보며 말을 꺼냈다. "그런 얘기는 어두운 데서 듣는 게 좋지."
"자네는 또 특이한 말을 하는군."
G국장이 뒤팽을 보며 이렇게 말했다. 그는 자기가 이해 안 되면 무엇이든지 특이하다고 말하는 버릇이 있다. 그런 이유에서 G는 절대적으로 특이한 환경에서 사는 사람이다.

"맞아." 뒤팽이 그의 방문객에게 담배를 주고, 안락의자를 그에게 밀어다 주며 말했다.
"그런데, 지금 어떤 점이 어려운 건가? 살인 사건은 아니겠지?" 내가 물어보았다.

"아니, 이번엔 그런 것이 아닐세. 사건 자체는 아주 단순하지. 우리 경시청의 힘만으로도 훌륭히 해결할 수 있다고 생각하지만…, 이런 사건이라면 뒤팽 자네가 궁금해 할 것 같아서 찾아 온 걸세. 정말 특이한 사건이거든."

"단순하면서도 특이하다고?" 뒤팽이 되물었다.
"아니, 그렇진 않아. 사건 자체는 아주 단순하지만 어떻게 손을 댈 수가 없거든. 우리로서는 몹시 난감한 사건이야."

"허어, 그렇다면 자네를 난감하게 하는 것이 바로 그 단순함 때문이 아닌가?"

"도대체 무슨 말도 안 되는 소리를 하는 건가?"
G국장이 큰 소리로 웃었다.

"미스터리가 너무 간단할 수도 있다는 말이지." 뒤팽이 말했다.

"맙소사! 누가 그런 생각을 들어봤겠나?"

"약간 지나치게 자명한데."

"하하하! 하하하!! 허허허!" 국장이 꽤나 유쾌한 듯 크게 웃었다. "뒤팽, 날 웃겨 죽일 셈인가?"

"그럼 도대체 문제가 뭐란 말인가?" 내가 물었다.

G국장은 길고 꾸준하고 사색적인 담배 한 모금을 내뿜고는 의자에 앉아 입을 열었다. "짧게 말하겠는데, 그 전에 약속해 주게. 이건 절대 비밀을 지켜줘야 하네. 만약 이 이야기가 밖으로 새어 나간다면, 나는 자리에서 물러나게 될 거야."

"계속하게." 내가 말했다.
"아니면 말든지." 뒤팡이 말했다.

"글쎄, 그러니까 내가 매우 높은 분으로부터 개인 정보를 받았는데 매우 중요한 서류가 도둑맞았다는 거야. 우리는 그것을 훔친 범인까지 알고 있네. 분명히 현장을 목격한 사람도 있고, 또한 서류가 그의 손에 아직 남아 있다는 것 또한 알고 있지."

"어떻게 알게 된 거지?"

"그것은 서류 자체의 특성으로 명백히 알 수가 있고, 또 하나는 그 서류가 범인의 손에서 떠났다면 당연히 일어났어야 할 결과가 아직 나타나지 않았다는 것으로 미루어 보아 알 수 있네. 즉, 범인이 그것을 이용하여 시도하려는 일에 아직 사용하지 않았거든."

"좀 더 정확히 말해보게." 내가 말했다.

"자, 나는 감히 그 서류가 그것을 가지고 있는 사람에게 어떤 곳에서 일종의 권력, 그것도 아주 절대적인 권력을 휘두를 수 있는 권리를 준다고 말할 수 있네." 그는 외교적인 말투를 즐겨 사용했다.

"아직 이해가 되지 않네." 뒤팡이 말했다.

"이해가 안 돼? 글쎄, 이름 없는 제삼자에게 문서가 공개되면 고위직에 계신 분의 명예가 손상될 수도 있다네. 또한 그 서류를 가진 사람은 위험에 처한 그 고위 인사에 대해 아주 유리한 입장에 서게 해주지."

"그렇지만 유리한 입장이라는 것은 분실자가 탈취자에 대해 아는지 여부를 탈취자가 알고 있느냐에 달려 있을 텐데 누가 감히…." 내가 잠시 끼어들었다.

"범인은 바로 인간다운 일이든 아니든 무엇이나 과감하게 저지르는 D장관이라네. 그리고 그 훔쳐낸 방법이 또한 교묘하고도 대담했지. 사실 그 서류는 솔직히 말해 편지인데, 왕실의 어떤 부인이 내실에 혼자 있을 때 받은 것이라네. 그 부인이 편지를 읽고 있었는데, 그때 마침 다른 높으신 분 한 사람이 찾아왔네. 부인은 서둘러 편지를 서랍에 넣으려 했지만 그렇게 할 수 없게 되자, 부득이 원래 그대로 봉투가 열린 채로 책상 위에 올려놓았지. 그러나 주소가 위로 올라와 있었고 그래서 내용은 드러나지 않아 그 편지는 눈에 띄지 않게 됐지. 이 때 공교롭게 D장관이 들어온 거야. 살쾡이 같은 그의 눈이 곧 편지를 알아채고 주소와 필체를 보았지. 편지를 받은 부인이 당황하는 것을 보고는 그녀의 비밀을 알게 된 거라네. 장관이 보통 하던 대로 사무를 마친 뒤에 서둘러 지금 말하는 편지와 다소 비슷한 편지를 만들어서 원래 놓여 있던 편지와 나란히 놓고 그리고 나서 15분 동안 다시 공무를 보았지. 결국 떠날 때 자신에게는 권리가 없는 편지를 테이블에서 가지고 나갔어. 물론 편지 주인이 그걸 다 지켜보았지만 그녀의 옆에 서 있던 제삼의 인물 때문에 그 행동에 주의를 기울일 수가 없었지. 장관은 중요하지 않은 편지만을 남겨두고 떠난 거라네."

"그러면…." 뒤팡이 나에게 말했다. "이러한 유리함을 얻을 수 있는 상황으로 끝마쳐진 거로군. 탈취자가 누구인지를 분실자가 파악하고 있는지, 그 여부를 탈취자가 알고 있다는 얘기군."

"그렇다네." 국장이 대답했다. "여기서 얻은 힘이 지난 몇 달 동안 정치적 목적으로 매우 위험한 정도까지 사용되고 있네. 편지를 잃어버린 분은 다시 편지를 찾을 필요성을 매일 절실하게 느끼고 있지. 하지만 물론 공개적으로 할 수는 없고 결국 그분은 절망에 빠져 문제를 나에게 부탁하셨네."

"내 생각엔, 명석함으로 치자면 자네 말고 다른 경찰을 상상하기는 힘들지." 완벽한 담배 연기의 소용돌이 속에서 뒤팡이 말했다.

"너무 추켜세워 주는구먼. 하지만 그런 의견도 있을 수 있었겠지." 국장이 대답했다.

"편지가 D장관 손에 있다는 것은 분명하네. 힘을 갖도록 해주는 것은 그 편지를 사용하는 것이 아니라 소유하는 것이니 말일세. 편지를 사용하면 힘은 사라지는 것이니까." 내가 말했다.

"바로 그거야." 국장이 말을 이었다. "그래서 나도 그런 확신을 가지고 편지를 찾기 시작했지. 먼저 내가 할 일은 D장관의 저택을 샅샅이 뒤지는 일이었어. 가장 힘든 일은 장관이 전혀 눈치 채지 못하게 찾는 일이었지. 무엇보다도, 만약 D장관이 우리가 하는 일을 눈치 챈다면 일어날 수 있는 위험에 대해 주의를 받았거든."

"그렇지만 자네에겐 이런 조사는 익숙하지 않은가? 파리 경찰은 전부터 이런 일을 자주 해오고 있지 않나."

"맞는 말이야. 그리고 이런 이유 때문에 절망하지 않았어. D장관의 습관이 나에게 큰 이득을 주었지. 장관은 밤에 자주 집을 비우는데 하인의 수도 그리 많지 않고 D장관 방에서 멀리 떨어져 잠을 잘 뿐만 아니라 나폴리 사람들이라 술에 잘 취하거든. 자네도 알다시피 나에게는 파리의 어떤 방이든지, 어떤 책상 서랍이든지 열 수 있는 열쇠가 있지 않은가? 그래서 나는 석 달 동안 D장관의 집 안을 샅샅이 뒤졌다네. 이 사건이 적어도 내 명예에 관한 일이고, 큰 비밀인데 이 사건에는 현상금도 상당히 걸려 있거든.

그래서 나는 포기하지 않고 편지를 찾으려 했지. 이 사람이 나보다 더 영리한 사람이라는 것을 충분히 알게 되기 전까지는 말이야. 나는 그의 집에서 편지가 숨겨질 만한 곳은 모두 빈틈없이 뒤졌다고 생각하네."

"하지만 편지가 D장관 수중에 있음에도 불구하고 저택 외의 다른 곳에 숨기는 것이 가능하지 않을까?" 내가 질문했다.

"그런 가능성은 거의 희박해." 뒤팡이 말했다. "현재 왕실에서의 특별한 상황과 D장관이 관련되어 있음이 알려져 있는 상황에서 언제든지 편지를 이용할 수 있어야 하거든. 언제든 필요하면 곧바로 꺼낼 수 있도록 하는 것이 편지를 소유한 것만큼이나 중요한 점이라 할 수 있지."

"곧바로 꺼내 쓸 수 있도록?" 내가 물었다.

"다시 말해 없애기 쉬워야 한단 말일세." 뒤팡이 답했다.

"정말 그래. 그렇다면 그 편지는 확실히 그의 거주지에 있겠지. 장관에게 편지가 있다는 것은 의심의 여지가 없다고 볼 수 있겠군."

"정말 그렇네." G국장도 그렇게 생각했다. "그래서 강도로 가장하고, D장관을 습격하여 두 번이나 내가 샅샅이 그의 몸을 뒤져보았다네."

"자네가 괜히 수고로이 움직였을 수도 있네." 뒤팡이 말했다. "내가 보기에 D장관은 전혀 바보가 아니고, 바보가 아니라면 당연히 이런 급습을 예상했었음에 틀림없네."

"전혀 바보가 아니지." G국장이 말했다. "장관은 오히려 시인이야. 바보와 시인의 차이는 종이 한 장 차이에 지나지 않지."

"맞는 말이네." 담배 파이프로부터 생각에 잠겨 한 모금 길게 빨고 난 뒤 뒤팡이 말했다. "내 스스로의 엉터리 시에 대한 미안함이 있긴 하지만 말이야."

"아주 상세히 조사한 것 같은데 조사 방법을 좀 더 자세히 알려 줘 보게."

"음, 사실 우리는 시간을 갖고 모든 곳을 뒤졌지. 나는 이런 일에 경험이 많아. 건물 전체를 뒤지고 모든 방을 뒤졌지. 밤마다 일주일 동안 방 한 칸씩 뒤졌다네. 우리는 있을 만한 모든 서랍을 열어보았고, 자네도 알겠지만 나는 적절한 훈련을 받은 경찰에게 비밀 서랍 같은 것은 불가능하다고 생각하네. 바보가 아닌 다음에야 이런 식으로 조사하는데도 비밀 서랍을 놓칠 리가 없거든. 이런 건 매우 간단해. 모든 캐비닛은 고려해 볼 만한 많은 공간이 있지. 우리는 정확한 자를 가지고 있어. 1라인[약 0.2cm]의 50분의 1도 놓치지 않지. 캐비닛 다음에는 의자를 조사했지. 쿠션들은 내가 사용하는 것을 본 적이 있는 가늘고 긴 바늘들을 이용해서 조사를 하지. 테이블부터는 우리가 그 윗부분들을 제거했지."

"그렇게 한 이유가 있나?"

"가끔 테이블의 윗부분 또는 비슷하게 놓여진 다른 가구의 일부가 물건을 감추기를 바라는 사람에 의해 제거가 되지. 그리고 나서 테이블 다리 부분이 깎이고 그 홈 안에 물건을 보관하곤 하거든. 그리고 테이블 윗부분이 대체되지. 침대다리도 같은 방식으로 이용되곤 한다네."

"하지만 그런 구멍 정도야 두드려서 확인할 수 있지 않나?"

"아닐세. 물건을 숨길 때는 솜으로 빈 곳을 채우기 때문에 알 수 없어. 더구나 우리의 경우는 소리를 내지 않고 일해야 하니까."

"그러나 자네가 말한 방식대로 보관이 가능했을 모든 가구 하나하나를 다 조사하지 않았을 수도 있지 않나? 편지는 똘똘 나선형으로 말아 넣을 수도 있고 형태나 크기 면에서도 큰 뜨개질바늘과 다르고 이러한 형태로는, 예를 들자면 의자의 가로대 같은 곳에 넣을 수도 있고 말이야. 모든 의자를 살펴 본 건 아니지?"

"그야 그렇지. 하지만 그런 것을 찾기 위해선 좀 더 좋은 방법이 있네. 즉, 도수 높은 확대경으로 모든 가구의 연결부분과 모든 의자의 가로대를 조사해 보았네. 최근에 상처가 난 흔적이 있으면 우리가 즉각 알아냈을 걸세. 조그만 흔적도 사과만큼 분명히 보이거든. 접합에서 이상이 있거나 이음새가 특별하게 이어져 있다면 분명 알아냈을 거네."

"내 추측으론 자네가 거울의 앞뒤 판 사이도 조사해 봤을 것 같군. 그리고 커튼과 카펫뿐 아니라 침대와 침대보까지 조사를 했을 테지."

"물론이지. 그런 식으로 집 안의 모든 가구를 하나하나 조사하고 나서 우리는 집 자체를 조사하기 시작했어. 우리는 전체 표면에 숫자를 붙여 구획으로 나누었지. 그 어느 것도 놓치지 않으려고 말이야. 그리고 나서 우리는 그 저택 전체를 각 평방 인치별로 정밀조사를 했다네. 그 전처럼 현미경을 가지고 바로 옆에 있는 두 집까지도 말이야."

"옆에 있는 두 집까지! 정말 수고가 많았군." 내가 소리쳤다.
"정말 고생했지. 그렇지만 제안된 포상금이 매우 컸거든."
"집 주위 땅까지도 포함한 건가?"

"응, 다행히도 땅에는 블록이 깔려 있었기 때문에 비교적 어려움은 없었어. 블록 사이의 이끼를 조사했는데 손대지 않았다는 걸 알았지."

"그럼 D장관의 서류와 책장 안에 든 책도 살펴본 건가?"

"물론. 모든 포장물과 꾸러미를 열고 모든 책을 열었을 뿐만 아니라 보통 경찰관들이 하듯이 흔들기만 한 것이 아니라 책은 한 장씩 모두 넘겨보았지. 그리고 가장 정교한 도구를 가지고 모든 책의 두께를 측정하고 현미경으로 매우 정밀하게 조사했지. 만약 최근 묶여진 책에 손을 댄 자국이 있었다면 결코 놓치지 않았을 거야. 바인더로부터 나온 책 대여섯 권은 우리가 바늘로 세심히 조사를 했으니까."

"양탄자 밑의 마루는?"

"당연히 했지. 우리는 모든 카펫을 제거하고 현미경으로 바닥을 조사했지."

"그럼 벽지는?"

"물론."

"지하실도 조사했나?"

"조사했네."

"그렇다면 자네가 잘못 생각했나보군. 자네의 생각과는 달리 편지가 집 안에 있는 것이 아니잖은가?" 내가 말했다.

"나도 그렇게 생각하네. 그런데 뒤팡! 대체 내가 어떻게 하면 좋겠나?" G국장이 힘없이 말했다.

"더 철저하게 집 안을 다시 조사해야지."

"그건 정말이지 쓸데없는 일이네." G국장이 말을 이었다.

"편지가 이미 D장관 저택에 없다는 것은, 내가 이렇게 숨을 쉬고 있는 것만큼이나 확실하다구."

"나로서는 해줄 만한 더 좋은 조언은 없네." 뒤팡이 말했다. "그런데 G, 자네는 그 편지의 특징을 자세히 알고 있나?"

"물론이지!" G국장은 수첩을 꺼내어, 그 편지의 내부와 외부 특히 외부의 특징을 1분 가량 크게 읽어 주었다. 크게 읽은 뒤 곧 G국장은 맥이 빠진 듯 힘없이 돌아갔다. 나는 그 멋진 사나이가 이렇게 실망한 모습을 본 적이 없었다.

그로부터 한 달쯤 지난 어느 날, G국장은 또다시 우리를 찾아왔고 우리가 그 사건에 관해 전처럼 몰두하고 있음을 발견했다. 그는 자리에 앉아 담배를 피우며, 일상적인 대화를 하기 시작했다. 내가 먼저 말을 꺼냈다.

"여보게, G. 도둑맞은 편지는 어떻게 되었나? D장관을 도저히 당해낼 수 없는 사람이라고 판단한 것 같은데."

"그 사람 참! 그래, 맞네. 뒤팡 말대로 다시 한 번 집 안을 샅샅이 뒤져 봤어. 하지만 역시 내 생각대로 인력 낭비였지."

"그런데. 그 편지를 찾아내면 준다는 현상금은 도대체 얼마였지? 자네가 얘기했던가?" 뒤팡이 물었다.

"아주 엄청나다네. 확실한 금액을 이 자리에서 말하고 싶진 않지만, 이것만은 내가 큰소리 칠 수 있어. 즉, 나에게 그 편지를 찾아 주는 사람이 있다면 누구든지 내 이름이 적힌 수표로 5만 프랑을 주겠네. 사실, 편지는 날이 갈수록 더 중요해지고 있지. 그래서인지 현상금도 배로 늘었네. 그러나 나는 그 상금이 세 배로 늘어난다고 해도 이 이상의 일은 할 수 없어."

"음, 알았네." 뒤팡이 파이프 담배를 빨다가 끌듯이 말했다.
"자, 그런데 G. 나는 이 문제에 대해서 자네가 충분히 노력했다고 생각하지 않네. 좀 더 노력이 필요한 것 같은데?"
"어떻게? 어떤 방법으로?"

"가령 말일세. (뻐끔뻐끔) 이 문제에 대해서 남의 의견도 좀 참작하는 게 어떨까? (뻐끔뻐끔) 자네 애버네시[19세기 영국의 유명한 학자] 이야기를 알고 있나?" 담배를 피우며 뒤팡이 말했다.

"애버네시? 그런 걸 내가 어떻게 알아!"
"그럴지도 모르지. 그러나 내 말 좀 들어 보게. 아주 옛날 아주

인색한 부자가 있었는데, 이 부자는 어찌나 인색했던지 자기의 병 치료도 좀 공짜로 해 볼 생각이었지. 그래서 어느 날 의사를 만나, 이 얘기 저 얘기 주고받다가 슬쩍 자기의 병 증세를 마치 가상인 물의 이야기처럼 했네.

'우리가 생각하기에 증세가 이러이러하다고 생각합니다. 선생님이라면 그런 병에 어떤 약을 처방하시겠습니까?' 구두쇠가 물었지. '의사의 처방을 받게, 확실하게.' 라고 애버네시가 말했지."

"하지만 나는 남의 충고를 기꺼이 받아들일 각오를 하고 있네. 그리고 어떤 사례라도 하지." G국장은 약간 당황한 듯 말했다.
"지금 이 문제로 나를 도와주는 사람에게 누구든지 5만 프랑을 정말로 주겠네."

"그렇다면," 뒤팡은 잠깐 말을 끊고 서랍에서 수표책을 꺼냈다. "지금 나에게 그 금액을 주는 것이 좋겠네. 이 수표에 이서해주면, 그 편지를 넘겨주겠네."

나는 깜짝 놀랐다. G국장은 완전히 벼락에 맞은 듯이 보였다.
몇 분 동안 그는 아무 말도 하지 않고 움직이지도 않은 채로 있었다. 입을 쩍 벌리고 내 친구를 못 믿겠다는 듯이 바라보았고 눈알이 금세 튀어 나올 듯이 보였다. 하지만 외견상 정신을 좀 수습하고 나서 펜을 들어 몇 번 멈추었다가, 멍한 시선을 보내다가 마침내 5만 프랑짜리 수표에 서명을 해서 뒤팡에게 건네주었다. 뒤팡이 이를 조심스럽게 살피고 자신의 지갑에 잘 보관하였다. 그러더니, 책상 서랍을 열고 편지를 꺼내 G국장에게 건네주었다.

이 공무원은 미친 듯이 기뻐하며 편지를 열고 떨리는 손으로 편지를 받아 내용을 읽어보더니 미친 듯이 문 쪽으로 달려갔다. 아까 뒤팽이 5만 프랑의 수표를 요구했을 때부터 말 한 마디 하지 않은 채 그대로 방을 뛰어나가는 것이었다.

그가 떠나가고 나서야, 뒤팽은 내게 몇 가지 설명을 해주었다.

"파리의 경찰관들은 업무적으로 아주 유능하지. 그들은 아주 유능하고 끈기 있고, 또한 지혜롭기도 하고, 빈틈없기로도 유명하지. 그들은 경찰관으로서 필요한 지식도 충분히 갖추고 있네. G국장이 D장관 저택을 수색한 이야기를 나에게 말해줄 때도, 나는 과연 경찰로서 할 수 있는 일을 다 했다고 생각했지. 어디까지나 그 사람들의 수고가 미칠 수 있는 범위 내에서는 말이지."

"그 수고가 미치는 범위라고?" 내가 말했다.

"맞아" 뒤팽이 말했다. "선택된 방법은 이러한 종류로는 최선이었을 뿐만 아니라 그야말로 완벽했지. 그 수색 범위 안에 있었다면 분명 경찰들이 발견했겠지."

나는 약간 웃었지만 뒤팽은 자기가 말한 모든 것에 대해 사뭇 진지해 보였다. 뒤팽은 계속 말을 이어 갔다.

"그 방법은 이러한 종류로는 꽤 좋았고, 잘 실행되었지. 그들의 결점은 이번 경우에는 맞지 않았다는 거야. 국장의 아주 정교한 방법은 프로크루스테스[고대 그리스의 강도. 붙잡은 사람을 침대에 눕히고 몸이 침대보다 길면 잘라 버리고, 짧으면 몸을 늘여 죽였다]의 침대와 같은 것으로, 그 침대에 자신의 계획을 맞춘 것이지. 그는 사건을 늘 너무 깊게 또는 너무 얕게 생각해서 실수를 저지르지. 이번 경우는 국장보다 더 나은 추리력을 가진 초등학생들이 많을 거야. 나는 8살짜리 꼬마를 알았는데 이 아이는 홀수, 짝수 게임에 뛰어나서 세계적으로 유명해졌다네. 이 게임은 간단해서 마블[공기돌]을 가지고 게임하지. 한 사람이 손에 마블을 많이 쥐고 그게 홀수인지 짝수인지 다른 사람이 맞히는 게임이지. 예측한 것이 맞으면 그 답을 맞힌 사람이 이기는 것이고 틀리면 지는 거지. 내가 말한 이 아이는 학교에서 마블을 다 따서 가졌어. 물론 이 아이는 알아맞히는 몇 가지 원리를 갖고 있지. 그 원리는 단지 관찰하고 상대방의 기민함을 알아보는 거지. 가령 상대방이 아주 어리석은 아이라면 그가 '짝수냐 홀수냐?' 하고 물을 때, 내가 말한 그 아이가 '홀수' 라고 대답하고 지게 되지. 그러나 두 번째는 이 아이가 이겨. 왜냐 하면 그 아이는 혼자 이렇게 생각하거든. '이 애는 너무 쉽게 첫 번째를 이겼고 그의 기민함의 정도는 두 번째에 홀수를 쥐기에 충분하다. 그래서 두 번째에 나는 홀수라고 해야겠다'.

그런데, 첫 번째 애보다 한 단계 더 똑똑한 바보는 우선 이렇게 생각해 본다네. '내가 처음에 홀수라고 추측을 했고 두 번째에는 첫 번째 바보처럼 홀수에서 짝수로 바꾸고 싶은 마음이 들겠지.

그러나 이것은 너무 단순한 변화이므로 결국 첫 번째와 마찬가지로 짝수로 할 거야.' 이번에는 짝수에 걸고 이 아이가 이긴다. 아이의 친구들은 이 아이의 추리력을 운이라고 말하지만 최종 분석에서 이것은 무엇일까?"

"그러니까 단순히 추리자의 지적 능력을 상대방에 맞게 일치시키는 거지." 내가 말했다.

"맞았네." 뒤팡이 말을 계속했다. 그래서 그 아이에게 나는 다시 물었지. '네가 알고 있는 힘과 상대방의 힘을 일치시키기 위해서는 어떻게 하느냐?'고 묻자마자 그 아이는 곧 '상대방이 지혜로운가, 바보인가, 착한 사람인가, 누가 얼마나 사악한가 또는 그 순간에 무슨 생각을 하는지 알고 싶을 때는 내 얼굴 표정을 최대한 상대방과 동일하게 맞추고 내 마음에 어떤 생각이나 감정이 떠오를 때까지 기다립니다.'라고 대답하더라고. 이 아이의 반응이야 말로 라 로슈푸코[프랑스의 철학자]나 라 보기브 또는 마키아벨리, 캄파넬라와 같은 현인에게서 나오는 지혜의 바탕이라네."

"내가 자네 말을 이해했다면 맞추는 사람의 지적 능력이 상대방의 지적 능력과 일치시키는 것은 상대방의 지적 능력을 재는 것이 얼마나 정확한지에 달려있다는 거지." 내가 말했다.

"실질적인 가치는 이 점에 달려있는 거지." 뒤팡이 답했다. 국장과 국장 부하들은 첫째로 이런 일치시키는 능력이 없어서 빈번히 실패하였고, 상대를 잘못 계산하거나 또는 계산하지 않았기 때문에 계속 실패했던 거지. 이 사람들은 자신들만의 독창적인 아이디어만을 생각한 거라구. 그리고 어떤 숨겨진 것을 찾을 때 자신들이 숨겼을 만한 곳만 찾지. 이 사람들의 독창적인 능력은 일반인의 능력을 충실히 대변한다고 할 수 있지. 그러나, 범인의 교활함이 특징 면에서 이들보다 다양할 때는 이 범인은 물론 그들을 속이게 되지. 그래서 자신보다 위에 있는 경우는 항상 이런 일이 생기고 밑에 있을 때도 많이 생기게 되지. 그들은 조사에 있어 원칙적인 다양성이 없어. 기껏해야 어떤 특별한 긴급 상황에 의해 강요될 경우, 즉 어떤 특별한 대가가 주어질 경우에만 자신들의 원칙은 손대지 않고 오래된 관행을 확장 또는 과장하거든. 예를 들자면 D장관과 관련하여 행동의 원칙을 다양화하기 위해 한 일이 무엇인가? 구멍을 뚫고 조사하고, 두드려보고, 현미경으로 세세히 조사하고 건물을 등록된 평방 인치로 나누는 것이었지. 단지 국장이 오랜 동안 업무를 해오면서 익숙해진 독창성에 관한 일련의 사고(思考)에 근거한 한 가지 조사 원칙 또는 일련의 원칙을 적용하는데 과장했을 뿐이라구.

자네도 국장이 모든 사람이 편지를 숨기려 할 때 정확히는 송곳 구멍으로 뚫은 의자 다리는 아니지만 적어도 어떤 일상과 다른 홀이나 구석에 숨기는 것을 당연하다고 생각하는 것을 보았잖은가. 마치 사람이 의자 다리에 뚫린 작은 구멍에 편지를 숨겨야 한다는 식의 똑같은 생각을 갖고 말일세. 또 그렇게 수고하는 것까지 보지 않았은가? 이런 식으로 감추는 것은 일반적인 경우에만 적용이 될 것이고 일반적인 사고방식을 가진 사람만 그런 방법을 쓰는 거지. 왜냐하면 모든 은폐의 경우 숨겨지는 물건의 처분, 즉 이러한 방법의 처리는 즉각적으로 예측할 수 있고 예측이 되거든. 그리고 물건의 발견은 명민함보다는 단지 찾는 사람의 관심, 인내력과 결단력에 전적으로 달려있지. 사안이 중요하고 경찰의 시각에서 동일한 것에 해당하는 것과 보상이 엄청난 경우엔 문제가 되는 이런 특성들이 결코 실패했다고 알려진 적이 없지.

만일 국장이 조사한 한계 내에 잃어버린 편지가 숨겨져 있다면, 즉 은폐의 원칙이 국장의 원리 내에서만 이해된다면 찾아내는 것은 전적으로 불가능해지는 거지. 그런데 국장은 철저하게 속았어. 왜냐하면 장관이 시인(詩人)으로 유명하기 때문에 그를 바보로 가정한 것이 국장이 실패한 원인이 되었다는 나의 말을 자네도 이제 이해할 수 있을 걸세. 바보들은 모두 시인이라는 게 국장의 생각이야. 그리고 시인들은 모두 바보라는 말로 결론을 내린 것이 잘못이지."

"D장관이 시인이라는 것은 정말인가?" 내가 물었다. "두 형제가 있는데 두 사람 모두 내가 알기로는 글로 명성을 얻었지. 나는 D장관이 학자적으로 미분학에 관한 책을 쓴 사람이라고 믿고 있네. 이 사람은 수학자이지 시인은 아니야."

"자네가 잘못 안 거야. 나는 그 사람을 잘 알아. 그는 양쪽 다야. 시인이자 수학자로서 장관은 논리적인 생각을 잘 해내지. 만약 단순한 수학자라면 생각을 그렇게까지 잘 해낼 수는 없었을 거야. 그러면 국장이 의도한 대로 되었을 거야."

"자네 정말 나를 놀라게 하는군. 자네 의견은 세상 사람들의 말과 상반된 것이라 말일세. 수세기 동안 널리 인정된 생각을 무시하는 것은 아니겠지. 수학적인 추리는 가장 뛰어난 논리로 오랫동안 인정받고 있는데."

그러자 뒤팡은 샹포르[프랑스의 문인]의 말을 인용하여 대답했다.

'널리 퍼진 모든 생각과 관습이 어리석다는 것은 거의 틀림없다. 대다수의 것이 되었기 때문이다.' 자네에게 말하지만, 수학자들은 자네가 말한 그 널리 퍼진 오류를 공표하는데 최선을 다해왔지. 진리로 공표되었다고 하더라도 그건 오류에 지나지 않네. 예를 들면 더 좋은 이유가 될 술책으로서 이들은 분석이라는 용어를 대수학(代數學)에 구사하고 있다네. 프랑스 사람들은 이런 특별한 속임수를 만들어 낸 사람들이지. 그런데 용어에 어떤 중요성이 있다면, 용어의 적용에서 어떤 가치를 끌어낸다면, 라틴어의 ambitus[돌아다니다]가 영어의 ambition[야망]을, religio[예의를 표하다]가 religion[종교]를, homines honesti[저명인사]가 honorablemen[존경할만한 사람들]을 의미하지 않는 것처럼 분석이 대수학을 의미하는 것은 아니라네."

"내가 보기에 자네는 파리의 일부 대수(代數)학자들과 싸우고 있구만. 어쨌든 계속해보게." 내가 말했다.

"나는 추상적으로 논리적인 것을 제외하고 어떤 특별한 형태로 양식되는 논리의 가치와 그 이용 가능성을 부인하네. 특히나 수학적인 연구에 의해 유도된 논리는 더더욱 부인하지. 수학이란 형태와 수량의 과학이야. 수학적 논리는 단지 형태와 수량에 대한 관찰에 적용된 논리에 지나지 않아. 가장 큰 실수는 소위 순수 대수의 사실들이 실은 추상적이거나 또는 일반적인 진리라고 생각하는 데 있어. 이런 실수가 매우 큰 데도 그것이 받아들여지는 보편성에 어리둥절할 뿐이네. 수학적인 원칙은 일반적인 진리의 원칙이 아니지. 관계, 즉 형태와 수량의 관계에서 예를 들자면 윤리학과 관련해서 잘못된 것이 종종 있다네. 윤리학에서 나뉜 부분의 합이 전체와 동일하다는 것은 대부분 사실이 아니. 화학에서도 또한 원칙이 맞지 않지. 원칙이 성립하지 않을 때의 동기를 고려해 보면 각각의 가치를 가진 두 동기가 합쳐지더라도 반드시 두 가치의 합은 아니지. 형식과 수량의 관계 내에서만 진리인 수학적 원칙은 무수히 많네. 그러나 그 수학자는 자신의 한정된 진리로부터, 습관적으로 마치 절대적으로 일반적 적용이 가능한 것처럼 주장하지. 세상이 이러한 진리를 사실로 생각해 가니까 말이지.

브라이언트[영국의 고고학자]가 자신의 해박한 〈신화학〉에서 '우리는 이교도의 우화를 믿지 않으면서도 으레 그것을 망각하고 실재하는 것으로서 추론한다' 라고 말하면서 비슷한 오류에 대해 언급한 적이 있지. 그러나 이교도 대수학자들은 '이교도의 우화' 를 믿으며, 그들의 추론은 망각의 착오라기보다는 설명할 수 없는 두 뇌의 혼란 때문에 이루어지는 거라네.

간단히 말해, 나는 동일한 근[수학의 루트] 이외의 것을 은밀히 신뢰하는 수학자 또는 '$x^2 + px$가 반드시 그리고 무조건 q와 같다'라는 것을 자신의 은근한 신념으로 삼지 않는 수학자를 만나본 적이 없네. 시험 삼아 어떤 수학자에게 자네가 $x^2 + px$가 절대적으로 q와 동일하지 않은 경우가 발생할 수도 있다고 말하고, 자네가 말한 뜻을 이해시키고 가능한 한 빨리 그 사람이 닿을 수 있는 곳에서 벗어나게. 왜냐하면 확신하건데 그 사람이 자네를 때려눕히려고 할 테니 말일세."

내가 뒤팡의 마지막 말을 듣고 웃는 동안 뒤팡은 말을 계속했다. "내가 무슨 말을 하려는 것이냐면, 만약 장관이 단지 수학자였다면 국장은 이 수표를 나에게 주지 않아도 되었을 것이네. 하지만 나는 장관이 수학자이자 시인인걸 알았고 장관을 둘러싼 주위 환경을 고려하여 그의 능력에 나를 맞추었네. 나는 장관이 아첨꾼이라는 점까지 알았고 대담한 책략가라는 것도 알았지. 그런 사람이라면 경찰의 일반적인 행위를 모를 리가 없다고 생각했네. 장관은 급습해올 것 같은 자신이 처한 일을 예상하지 못할 리가 없었고, 진행되었던 일을 보면 예상하고 있었다는 것을 알 수 있지. 나는 장관이 자신의 저택에 대한 비밀 조사를 분명히 예견했다고 생각했네. 장관이 밤에 자주 집을 비운다는 점이 조사가 성공하는데 도움이 될 거라고 국장은 크게 반겼지만, 실은 경찰에게 집안을 철저히 조사할 기회를 주고 곧 경찰에게 편지는 집 안에 없다는 확신을 심어주기 위한 것이라고 짐작했네. 은폐된 물건을 수색하는데 있어서 경찰의 일관된 원칙에 의한 활동과 관련하여 자네에게 지금 애써 자세히 설명하려는 이 일련의 생각들을 또한 느꼈지. 그리고 이런 일련의 생각들이 장관의 마음을 반드시 통과하게 될 거라고 느꼈네. 필연적으로 장관은 평범한 은폐 방식을 기피하게 했을 테지. 곰곰이 생각해보니 장관은 집안의 가장 복잡하고 깊숙한 곳이라도 경찰국장의 눈과 바늘, 송곳과 확대경에게는 평범한 옷장처럼 공개될 것을 알지 못할 만큼 허술한 사람이 아니네.

결국 당연히 장관은 단순하게 접근하리라는 것을 알았네. 일부러 선택의 문제로 유도되지 않았다면 말일세. 아마 자네도 국장이 우리를 처음 찾아왔을 때, 나는 그에게 사건이 너무 명백하기 때문에 도리어 어쩔 줄 모르는 게 아니냐고 말했을 때 크게 웃었던 것을 기억하고 있겠지?"

"맞아, G가 웃었던 일을 기억하네. 그때 그는 정말 포복절도했지."

"물질적인 세계는 비물질적인 세계와 매우 유사한 점이 많다네. 그래서 이 두 가지의 비교는 곧잘 토론의 대상이 되곤 하지. 결과적으로 어떤 진실의 색깔들이 수사학적인 주장에 주어지는데 은유나 직유는 묘사를 더 꾸며 줄 뿐만 아니라 주장을 강하게 하기 위해 만들어지기도 하지. 예를 들어 타성의 원칙은 물리와 형이상학에서 동일한 것처럼 보이지. 하지만 물리학에서 큰 물체는 작은 물체를 움직일 때보다 더 큰 힘이 들고, 그것에 따르는 운동량은 그 힘에 비례하게 되지만 형이상학에서는 더 큰 능력을 가진 지력은 열등한 지력보다 동작이 더 강하고 오래가며 효과적이지만, 첫 단계에서는 느리게 움직이며 더 당황하고 주저한다네. 그런데 자네는 거리의 상점 간판 중에서 어떤 것이 가장 눈에 잘 띄는지 알아챈 적이 있나?"

"그런 문제는 생각해본 적이 없는데."

"지도 위에서 하는 퍼즐 게임이 한 가지 있는데, 한쪽이 다른 쪽에게 주어진 지명—도시, 강, 주(州) 혹은 나라, 다시 말해 지도 위의 여러 가지 복잡한 지명을 물어보지. 초보 게임자는 보통 세세한 지명을 불러줘서 상대를 당황하게 하려고 하지만 게임에 익숙한 사람은 지도 한쪽 끝에서 다른 쪽 끝까지 크게 적힌 글자를 불러주지. 이런 것들은 지나치게 크게 쓰인 거리의 간판이나 광고처럼 너무 분명하기 때문에 사람들의 눈에 띄지 않게 되지. 그리고 이런 물리적인 간과는 지나치게 명백한 생각은 알아차리지 못하고 지나가 버리는 정신적인 부주의와 정확히 유사한 것이네. 그러나 이것은 국장의 이해를 넘어서는 것이거나 혹은 그 이하의 것으로 보이네. 국장은, 장관이 세상 사람들이 알지 못하도록 하는 최선의 방법으로서 세상 사람들 코앞에 편지를 두었을 수도 있다는 가능성을 결코 생각하지 못했지.

D장관의 대담하고도 저돌적인, 뛰어난 교묘함을 깊이 생각하면 생각할수록 이렇게 확신하게 되었네. 즉 장관은 편지를 감추기 위해서는 그것을 감추려 애쓰지 않았다는 것을 보여줘야 한다는 영리함을 확신하게 되었네. 그의 교묘함은 그가 유용한 목적으로 그것을 사용하고자 할 때 늘 수중에 있어야 한다는 사실과, 편지가 경찰국장의 의례적인 수색 범위 내에 숨겨지지 않았다는 경찰국장 자신의 결정적인 증거에 기반을 두고 있네.

어느 화창한 아침 이런 생각으로 가득차서, 나는 녹색 색안경을 준비하고 우연을 가장하여 장관 집을 방문했지. 나는 D장관이 집에 있는 것을 보았는데 그는 평소처럼 하품하고 노곤해 하고 권태의 극에 달한 척 연기하고 있더구만. 그는 아마 살아있는 사람 중 가장 에너지가 넘치는 사람인데 말이지. 단, 아무도 그를 보고 있지 않을 경우에만 말이지.

장관에게 맞추기 위해 나는 시력이 나쁘다고 투덜거리며 안경을 써야만 한다고 한탄했지. 안경을 쓰고서 나는 대화에 집중하는 척하며 주의 깊게 그리고 철저하게 온 집을 관찰했다네.

가장 가까이 있는 큰 책상에 나는 특별히 주의를 기울였지. 이 책상은 장관이 앉는 곳이며 악기 한두 개와 책 몇 권과 함께 잡다한 편지나 기타 서류를 놓아두는 곳이야. 오랫동안 매우 주의 깊게 조사를 해 본 끝에 나는 특별히 의심을 살 만한 것을 발견하지 못했지.

결국 집안을 돌던 중에 내 시선이 마분지로 된 하찮게 보이는 편지통에 멈추게 되었네. 그것은 벽난로 근처에 지저분한 파란색 리본이 달려있었지. 서너 칸으로 나누어진 이 통에는 대여섯 장의 명함과 한 통의 편지가 있었네.

편지는 흙이 묻어 있고 구겨져 있더군. 처음 보고 나서 쓸모없는 편지처럼 찢어버리려다가 그만 둔 것처럼 가운데가 찢어져 있었네. 편지에는 커다란 검은 봉인이 있었는데 D라는 봉인이 있었고 아주 작게 쓴 여자 글씨로 D장관 앞으로 보내온 것이더군. 그 편지는 편지꽂이 위 칸에 아무렇게나 던져져 있는 것처럼 보이더군.

나는 보자마자 이 편지가 내가 찾는 편지라는 결론을 내렸네. 확실히 겉모양은 국장이 우리에게 그렇게도 소상하게 설명해 주었던 것과 근본적으로 달랐네. 봉인은 크고 검고 D장관 이름으로 되어 있었지. 그런데 국장이 말해 준 것은 작고 붉은 색에 S가문의 문장이었지. 이 편지 주소는 조그맣고 여성이 쓴 것이지만 국장이 말한 주소는 어느 왕실 사람이 쓴 대담하고 분명한 필적이라고 했지. 단지 크기만 일치할 뿐이었어. 이 정도의 큰 차이를 보이는 지저분한 편지와 그 더럽고 찢어진 상태는 장관의 정돈하는 습관과는 맞지 않지. 그리고 편지를 보는 사람이 쓸모없는 서류로 잘못 생각하도록 하려는 의도가 강해보였네. 이것들은 모든 사람의 눈에 띄도록 두드러진 상황과 더불어 내가 내린 결론과 정확히 일치했지. 이러한 점은 수색의 임무를 띤 사람에게는 큰 의심을 불러일으키는 것이지.

나는 가능한 한 오랫동안 방문 시간을 끌었네. 내가 잘 알고 있는 화제에 관해 장관과 열띤 토론을 하여 그의 흥미를 불러일으키면서도 나의 관심은 그 편지에 계속 머물고 있었지. 조사하면서 나는 편지의 겉모습과 편지통에 어떻게 꽂혀 있는지를 기억해 두었지. 그리고는 확실한 사실을 알게 되었는데. 편지 모서리를 살펴보면서 그곳이 필요 이상으로 구겨진 것을 보았지. 두꺼운 종이를 접는 기구로 한 번 접어 눌러 다시 반대 방향으로 접어 본래 모양과 같은 주름과 모서리가 생긴 찢어진 겉모습이었네. 이 발견만으로도 충분했지. 편지는 장갑처럼 뒤집어져 반대 방향으로 다시 봉한 것이 확실했지. 나는 장관에게 인사를 하고 금으로 만든 담뱃갑을 테이블 위에 두고 곧 떠났지.

다음날 아침 나는 담뱃갑을 찾으러 갔다가 다시 전날의 대화를 꽤 열성적으로 나누었네. 그렇게 열중해 있는데 권총 소리 같은 큰 소리가 창문 아래에서 들렸고 이어 무서운 비명소리와 놀란 군중들의 소리가 들려왔네. 장관은 창 쪽으로 다가가 창문을 열고는 밖을 보았네. 그 사이 나는 편지꽂이로 다가가 편지를 꺼내어 내

주머니에 넣고는 그곳엔 복사품으로 대체했지. 그것은 내가 집에서 주의 깊게 만든 것으로 빵으로 만든 봉인을 이용해 D기호를 흉내 냈다네.

거리의 소요는 구식 보병총을 가진 정신이상자의 소행이었네. 부인들과 아이들 가운데서 발사했지만 탄알이 없이 쏜 것으로 밝혀져 그자는 정신이상자거나 주정꾼으로 간주되어 곧 풀려났네.
    그 사내가 떠나버린 뒤 D는 창가에서 돌아왔고 나는 물건이 시야에 있는 것을 확인하고 즉시 그를 따라갔지. 곧 나는 그에게 작별 인사를 하고 나왔어. 미친 척한 그 남자는 내가 고용한 사람이었네."

"그런데 가짜 편지를 넣어둔 것은 무슨 목적이었는가? 첫 번째 방문 때 내놓고 집어서 가져나오는 것이 더 낫지 않았는가?" 내가 물었다.

장관은 배짱이 두둑하고 필사적인 사람이네. 그의 집에는 그에게 충성을 맹세한 심복들이 있었네. 내가 만약 자네가 제시한 그런 무모한 시도를 했다면 아마 나는 살아서 장관 집을 떠나지 못했을 걸세. 선량한 파리 시민들은 더 이상 내 소식을 듣지 못했을 것이네.
    하지만 이런 고려 외에도 나에게는 다른 목적이 있었네. 내가 특정 당파에 정치적인 호감을 가지고 있는 것은 자네도 알 것이네. 이 문제에서 나는 그 부인이 속한 당의 당원으로 행동하고 있지. 18개월 동안 장관은 그 부인을 자신의 수중에 두고 있었네. 이제 그녀가 그를 손안에 두고 있지. 편지가 자기 수중에 없는 걸 모르고 장관은 예전처럼 계속 횡포를 부리겠지. 이렇게 해서 장관은 곧 정치적 파멸을 자초하고 그의 몰락은 갑자기 찾아올 거야.

지옥으로 떨어지는 것은 매우 쉽다고 하네. 그러나 다른 경우도 있지. 카탈리니가 성악(聲樂)에 대해 말한 것처럼 내려가는 것보다 올라가는 것이 훨씬 쉬울 수도 있는 거지.

하지만 지금은 떨어지는 자에 대해서 아무런 동정도 추호의 연민도 없네. 장관은 무서운 괴물이며 부도덕한 천재라네. 하지만 고백하건대 국장이 어떤 제삼자라고 지칭했던 그 부인에게 역습을 당하여, 내가 장관을 위해 편지꽂이에 넣은 편지를 펴 보게 될 때 그의 생각이 정확히 어떨지 너무 궁금하네."

"무슨 특별한 거라도 넣어 두었나?"

"그냥 흰 종이를 넣어 두는 것은 그를 모욕하는 것 같아 하지 않았네. 장관은 언젠가 빈에서 나에게 못된 짓을 한 적이 있었는데 그때 나는 장관에게 웃음을 보이며 기억해 두겠다고 말했었지. 장관은 자신을 능가한 사람이 누구인지 분명 궁금하게 생각할 것이기 때문에, 내가 단서를 주지 않는 것은 예의가 아니라고 생각했지. 장관은 내 필체를 잘 알고 있으니까 나는 빈 종이의 중간에 이렇게 적어 두었다네.

이렇게 무참한 계획은 아트레에겐 어울리지 않고 티에스트*에게 어울린다.

크레비용의 〈아트레〉에 나오는 말이네.

갈까마귀

갈까마귀*1)

어느 음침한 밤, 나는 지치고 피로한 몸으로
기이하고 이상한, 잊혀진 전설 책을 생각하다가
꾸벅꾸벅 조는데 문득 문 두드리는 소리가 났지.
누군가 살며시 두드린다, 내 방문을 두드린다.
나는 중얼거렸지. "누군가 찾아와서 내 방문을 두드리는구나.
이게 전부다, 다시는 없다."

아, 나는 똑똑히 기억난다. 그때는 쌀쌀한 12월이었어.
흩어진 죽은 불씨 속에서 유령이 나왔어.
나는 어서 새벽이 오길 간절히 바랐어.
나는 책에서 슬픔의 마지막 장을 ― 그 슬픔은 레노어를 위한 것 ―

---

*1) 갈까마귀 : 몸길이는 약 28cm 정도이다. 온몸이 검은색이고 머리, 등, 가슴에
푸른 광택이 있다. 꼬리는 길고 끝이 깊게 패어 있으며 바깥꼬리깃이 안쪽으로
약간 말려 있다. 검은바람까마귀라고도 한다.

찾아보았으나 아쉽게도 허사였다.
천사들이 레노어라 이름 지은,
세상에 다시없을 눈부신 그 소녀는 여기에
이름 없이 영원히 누워있네.

보랏빛 커튼이 부드럽고 슬프게, 살며시 스치는 소리는
나를 흥분시키네. 한 번도 느끼지 못한
신비스러운 공포가 나를 가득 채우네.
나는 뛰는 가슴을 진정시키려, 거듭 말한다네.
"손님은 내 방문을 간절히 두드리는구나.
늦은 밤에 손님이 찾아와 내 방문을 간절히 두드리는구나."
그냥 그럴 뿐 다시는 없다.

이윽고 내 마음은 확고해진다. 더 이상 머뭇거리지 않았다.
내가 말했다. "손님, 부디 저를 용서하십시오.
사실 저는 졸고 있었고, 손님께선 문을 조용히 두드리셔서,
제 방문을 아주 조용히 두드리셔서
제가 잘 듣지 못했습니다." 이 때 나는 문을 활짝 열었다.
밖은 어둠이었다, 더 아무것도 없다.

어둠 속 깊이 응시하며, 오랫동안 나는
호기심과 두려움을 품고 서 있었지.
또 의심을 품고 전에 어떤 사람도 꿈꿔보지 못한
꿈을 꾸고 있었네.

허나 고요함은 깨지지 않은 채 정적 속에는 아무 조짐도 없었다.
그때 내가 겨우 한 마디를 속삭였어. "레노어!"
속삭임은 메아리가 되어 돌아왔어. "레노어!"
이것뿐이다. 다시는 없다.

방 안으로 돌아왔는데, 내 안의 모든 영혼이 불타오르고
이윽고 나는 아까보다 조금 더 크게 두드리는 소리를 들었다.
나는 말했다. "분명히, 분명히 뭔가가 창문에 와 있구나.
그러면 어디 보자, 거기 뭐가 있는 걸까,
이 수수께끼를 풀어야겠다.
내 가슴이 다시 진정되면 이 수수께끼를 풀어야겠다.
이건 바람이구나, 다시는 없다."

덧문을 열자 푸드덕거리며 움직이는 소리가 들리더니
옛날의 성스러운 시절의 위엄 있는 갈까마귀가 걸어 나왔다.
그는 조금도 경의를 표하지 않고, 잠시도 머뭇거리거나
멈추지 않았다.
다만 제왕이나 왕비와 같은 품위를 보이며 내 방문 위에
날아 앉았다.
바로 내 방문 위에 팔라스*2) 흉상 위에 날아 앉았다.
날아오르더니 앉았다. 다시는 없다.

---

*2) 팔라스 : 지혜, 예술의 그리스 여신. 아테나 여신

그리고 이 검은 새는 내 슬픈 표정을 달래어 미소로 바꾸었다.

그것은 엄숙하고 진지한 표정을 짓고 있었다.

나는 말했다. "그대 머리의 털이 잘리거나 깎여도

그대는 겁쟁이가 아니오.

밤의 피안을 떠나 방랑하는 무시무시하고 사나운

태고의 갈까마귀여.

한밤 지옥의 강가를 누비는 그대의 고매한 이름을 말해다오!"

까마귀는 말했다. "다시는 없다."

이 흉한 새에게서 똑똑히 대답을 듣고 나는 무척 놀랐다.

허나 그 대답은 별 의미가 없고 믿을 만하지도 않았다.

지금까지 살았던 사람 중에 방문 위에

'다시는 없다' 라는 이름의 새가 앉아 축복하는 걸

방문 위 흉상에 새든 짐승이든 앉아 축복하는 걸

본 사람이 없다는 사실에 우리는 동의하지 않을 수 없다.

그러나 까마귀는 평온한 흉상 위에 외로이 앉아

그 한 마디만 내뱉었을 뿐이다.

마치 그 한 마디로 그의 영혼을 모두 쏟아낸 것처럼.

그는 더는 아무 말도 없었다. 더는 깃털 하나도 움직이지 않았다.

그제야 나는 간신히 웅얼거렸다. "다른 친구들은 이미 날아갔어요.

아침이면 저 새도 나를 떠나리, 내 희망이 날 떠나갔듯이."

그러자 새는 말했다. "다시는 없다."

침묵을 깨는 이토록 명료한 대답에 나는 놀랐다.

나는 말했다. "분명히, 저것이 말하는 건 어떤 불행한 주인한테
배우고 간직한 유일한 말인데
　그 주인은 가혹한 재앙의 신에게 계속 쫓겨 다니다가
　그 노래는 결국 무거운 짐이 되고 말았지.
　우울하고 지루한 다음 후렴구가 그의 희망을 담은
　장송곡이 될 때까지 말야.
　'다시, 다시는 없다.'

그래도 까마귀는 줄곧 나를 달래어 미소 짓게 했다.
나는 곧 안락의자를 새와 흉상이 있는 방문 앞으로 굴려놓고,
그리고 나서 안락의자에 몸을 담그고 공상과 공상의
사슬을 이어본다.
이 불길한 태고의 새는 뭘까,
이 불길하고 흉하고 소름끼치고 오싹한 태고의 새가
"다시는 없다."라고 짖는 이유는 뭘까?

이렇게 나는 앉아서 생각에 잠겨 있었으나,
내 가슴 속을 찌르는 듯
타오르는 무서운 눈을 하고 있는 이 새에겐
아무 말도 하지 않았다.
나는 계속 머릿속으로 예측에 잠긴 채 앉아 있었다.
등잔불이 비치는 부드러운 쿠션 벨벳 장식에 편안하게

머리를 기대고서.

그러나 등잔불이 비치는 부드러운 보랏빛 장식 위로 그녀는,
아, 다시는 기대지 못하네!

그때, 공기가 더 밀집되는 듯하더니, 보이지 않는 향로에서
향이 풍겼다.
바로 술 장식의 바닥에 희미한 발자국을 반짝이며
천사가 받쳐 든 향로였지.
나는 외쳤다. "불쌍한 것, 그대의 하느님께서 그대를 보냈구나.
이 천사들을 시켜 그대를 보냈구나.
쉬어라. 편하게 그리고 레노어에 대한 그대 기억으로 괴로워 말라!
어서 이 약을 들이켜고 가버린 레노어를 잊으라!"
까마귀는 말했다. "다시는 없다."

나는 말했다. "예언자! 사악한 것! 새든 악마든, 여전히 예언자여!
악마가 보냈든, 폭풍이 그대를 이곳으로 날려 보냈든,
마법에 걸린 황량한 사막과 같은 이 땅에,
귀신이 붙은 이 집에 두려움 없이 날아든 새여.
진정 부탁하노니, 말해다오.
길르앗에 향유가 있는가?*3) 부탁하노니, 말해다오! 말해다오!"

---

*3) 길르앗에 향유가 있는가? : 성경 예레미야 8:22에 "길르앗에는 향유가 있지 아
  니한가? 그곳에는 의사가 있지 아니한가? 내 딸 내 백성이 치료를 받지 못함은
  어찜인고?"라는 말이 나온다. 길르앗은 요단강 서편의 팔레스타인의 산악지대
  이고 '길르앗의 향유'는 그곳에서 만든 통증을 가라앉히는 약이다.

까마귀는 말했다. "다시는 없다."

나는 말했다. "예언자! 사악한 것! 새든 악마든, 여전히 예언자!
우리를 굽어보는 천국과, 우리가 숭배하는 신에 걸고,
슬픔의 짐을 진 이 영혼에게 말해 주오, 머나먼 아이덴*4)에서도
천사들이 레노어라고 이름 지은 성스러운 처녀를 껴안을 것인지
천사들이 레노어라고 이름 지은 고귀하고 눈부신 여인을
안을 것인가."
까마귀가 말했다. "다시는 없다."

"그 말로 우리는 작별을 해야겠군, 새 또는 악마여."
나는 갑자기 일어서면서 소리쳤다.
"폭풍우와 밤의 지옥 강변으로 돌아가라!
그대 영혼이 내뱉은 거짓말의 흔적으로 검은 깃털을 남기지 말라!
내 고독을 깨뜨리지 말고 문 위의 흉상에서 떠나라!
내 마음 속에서 그대의 부리를 치우고, 이 문에서 그대의
모습도 가져가라!"
까마귀는 말했다. "다시는 없다."

까마귀는 날아가지도 않고, 그대로 그대로 앉아 있다.
창백한 팔라스 여신 흉상, 방문 바로 위에 앉아 있다.
까마귀의 눈은 꿈꾸는 악마의 온갖 표정을 담고서

---

*4) 아이덴 : 성경의 에덴동산

까마귀 위의 등불이 까마귀의 그림자를 바닥에 흐르게 한다.
바닥에 흐르는 그 그림자로부터 내 영혼은
결코 다시는 떠오르지 못하리라.

갈까마귀 해설

　고독한 사내가 레노어를 잃은 슬픔을 자위하고자 잊혀진 전설 책을 생각하고 있다. 그는 노크 소리로 방해를 받는다. 그가 문을 열어젖히자 밖에는 어둠밖에 없고, 그는 혹시나 가버린 레노어가 돌아오지 않을까, 하는 헛된 기대를 품고 허공을 향해 '레노어' 라고 중얼거린다. 물론 들리는 건 자신의 목소리 뿐.

　불타는 영혼으로 사내는 자기 방에 돌아온다. 이번에는 창가에 두드리는 소리가 들린다. 덧문을 여는 순간 위엄 있는 갈까마귀 (불길한 새)가 들어와 여신 흉상에 앉는다. 사내는 까마귀에게 이름을 묻는다. 그러자 놀랍게도 '다시는 없다' 라고 말한다. 물론 까마귀가 생각을 하고 말하지 않는다는 것을 사내도 알지만 이를 통해 까마귀의 전 주인이 불행한 사람이고 까마귀가 할 줄 아는 말은 '다시는 없다.' 가 유일하다는 걸 알게 된다.

　사내는 까마귀를 환영하지만 이튿날 떠나버릴까 두려워한다. 하지만 까마귀는 '다시는 없다.' 고 대답한다. 이에 사나이는 미소를 띠고 의자를 가져와 까마귀가 하는 말에 관심을 보인다. 그런데 그 의자는 예전에 레노어가 앉았던 물건이라 쓰라린 추억을 떠오르게 한다. 까마귀가 한 가지 대답밖에 할 줄 모른다는 걸 알면서도 그는 질문을 계속한다.

상징
까마귀는 화자가 스스로를 괴롭히기 위해 같은 말을 반복시키기 위해 등장한 비이성적 존재다. 까마귀는 물론 불길한 징조를 나타내는 새이고 이 시 전체의 분위기를 좌우하는 주인공이다. 까마귀 외의 다른 새로는 음침한 분위기를 만들기 어려울 것이다.

두 번째 상징물은 팔라스 여신의 흉상이다. 까마귀가 왜 지혜의 상징인 여신 위에 앉게 되었을까? 그 이유는 까마귀가 지혜를 가지고 말하는 것처럼 분위기를 만들고 싶어서이다. 단순히 할 줄 아는 말이 그것밖에 없어서가 아니라 화자의 학식을 나타내기도 한다. 또 Pallas(팔라스)가 가진 경쾌한 발음이 주는 여운도 고려한 것이다.

도입부에 나오는 한밤중이나 12월이라는 시간은 어떤 과정의 종말을 의미하고 또 다른 시작이나 변화를 암시한다. 화자가 말하는 방은 훌륭하게 장식되어 있어서 고독과 레노어를 잃은 슬픔을 상징한다. 외부의 폭풍은 방안의 정적과 극적인 대조를 이루어 화자의 고립감(孤立感)을 명확히 드러내준다.

어휘

포우는 시나 소설에서 상당히 해박한 어휘를 구사한다. 따라서 일반인들이 별로 사용하지 않는 단어도 종종 사용했다. 여기에서는 'ancient' 같은 단어가 무척이나 적절하게 구사되었다. 왜냐하면 이 시는 잊혀진 옛 전설을 생각하는 사나이에 관한 것이기 때문이다.

'천사'와 '보이지 않는 향로에서 향이 풍겼다' 그리고 '발자국을 반짝이며 천사가 받쳐 든 향로'라는 말은 보이지 않는 향내가 방에 신속하게 퍼지는 모양을 묘사하는 것이다. 천사는 하느님 옆에 서있던 존재다. 천사가 가져온 '마시는 약'은 고통이나 슬픔을 잊게 하는 것이다.

'길르앗의 향유'는 요르단 강 동쪽 팔레스타인의 산악지역에서 나는 진정제다. '아이덴'은 에덴동산이나 천국을 나타내는 '아랍어'에서 온 말이다. '지옥의'을 뜻하는 Plutonian은 로마신화에서 지하세계의 신(Pluto)을 뜻한다.

시(詩)에 관한 포우의 철학

포우는 구성상 한 가지 효과를 강조하고 싶었다. 그는 늘 소설도 마찬가지지만 한자리에서 다 읽을 수 있는 간략성을 의식하고 있었다. 그는 시의 경우는 100행 정도를 최대한의 분량이라고 생각했는데 이 시는 108행에서 끝난다.

포우 작품의 특징은 뒤로 거슬러 올라가는 구성을 취한다는 점이다. 예를 들면 사건을 해결할 때 뒤팡이 추리를 하는 방식도 마찬가지다.

포우는 "이야기의 구성은 집필을 할 때 이미 결말까지 정교하게 짜놓아야 한다."라고 말한 바 있다.

포우는 작품이 일반인들에게 인정을 받으려면 비평가에게도 인정을 받아야한다고 생각했다. 그래서 포우가 시의 주제로 '미(美)'를 택한다. 포우는 '미(美)야말로 유일한 정통적인 시의 영역'이라는 말을 남길 정도였다. 영역으로서 미를 택한 포우는 슬픔을 미의 가장 높은 단계의 표현이라고 생각했다.

"어떤 것이든 미의 가장 높은 단계는 분명히 눈물로 가는 민감한 영혼을 자극한다. 그래서 울적함은 시적인 표현 중 가장 정통적인 요소다."(1850년)

우울한 주제 중에서 포우는 가장 일반적으로 인정받는 주제로 죽음을 선택한다. 그러므로 포우는 아름다운 여인의 죽음을 가장 시적으로 풀어냈다. 왜냐하면 그것은 미(美)와 가장 가까이 존재하기 때문이다.

주제와 전체적 분위기를 확정하고 나서 포우는 까마귀에게 화자가 질문을 던지는 기법을 사용하여 끝에서 셋째 연부터 클라이맥스 효과를 만들어낸다. 그 다음 앞으로 거슬러 올라가는 기법으로 'Nevermore(다시는 없다)'를 여러 차례 이용했다. 그래서 많은 반복을 했음에도 지루해지지 않는 효과를 거두었다.

포우는 연마다 점점 긴장을 높이는 효과를 쓰다가 클라이맥스 후에는 모든 긴장감을 해체시켜 버리고 만다. 까마귀의 반복된 말에서 교훈이나 의미를 찾는 것이 부질없음을 화자가 알게 되었기 때문이다.

까마귀는 화자가 가진 '슬픔과 영원히 사라지지 않을 추억'의 상징물이다. '그리고 바닥에 흐르는 그 그림자로부터 내 영혼은 결코 다시는 떠오르지 못하리라.'라는 결말에서 화자가 가진 슬픔과 절망감을 명확하게 느낄 수 있다.

저자 소개

에드가 앨런 포우 (Edgar Allan Poe)

1809년 1월 19일 떠돌이 배우였던 데이빗 포우 주니어와 여배우 엘리자베스 아놀드 홉킨스의 차남으로 보스턴에서 태어났다. 포우가 생후 9개월 만에 부친은 행방불명이 되어 버렸고, 모친은 두 아들을 데리고 생계를 위해 찰스턴, 리치먼드 등지를 돌아다녔다. 그런 고생 때문에 모친도 1811년 12월에 24세라는 젊은 나이에 폐병으로 사망하고 만다.

이때 어머니와 겪은 고생은 그의 인생과 상상력을 결정짓는 요인이 된다. 너무 이른 나이에 양친을 여읜 포우는 형과는 다른 가정에서 자라게 된다. 즉 포우의 미들네임인 앨런은 양부모가 된 존 앨런과 프랜시스 앨런 부부의 성이다. 양부모의 가정은 유복하고 사업이 번창하여 포우는 7세부터 11세까지 영국에서 지내게 된다. 이때의 경험은 나중에 꽃피게 될 문학적 감성의 씨를 뿌리게 된다.

미국으로 돌아와서 그는 독자적인 문학을 만들어낸다. 1827년에 양부와의 관계 악화로 생긴 울분을 풀려는 듯 고도로 미학적인 시집 〈Tamerlane and Other Poems 태멀레인과 기타 시〉를 발표했다.

그리고 그의 대표시가 된 '알 아라프'가 들어있는 두 번째 시집을 1829년, 세 번째 시집은 1831년에 출판했다. 그리고 이때부터 단편소설을 시작하여 1833년에 〈병속의 편지〉가 성공을 거두고 시인에서 소설가로 데뷔하게 된다.

단편에서 인정을 받은 포우는 리치몬드에서 〈The Southern Literary Messenger 서든 리터러리 메신저〉지의 주필로서 문예평론으로 활약하게 된다.

그로부터 왕성한 창작력을 발휘하여 수많은 작품을 쏟아냈다. 1838년엔 유일한 장편인 〈아더 고든 핌의 이야기〉를 발표했다. 이 작품은 그다지 주목을 받지 못하지만 허먼 멜빌의 〈백경〉에 영향을 끼쳤다고도 한다. 1939년엔 대표작인 '어셔 가의 몰락'을 담은 〈Tales of Grotesque and Arabesque 그로 테스크하고 아라베스크한 이야기〉를 출판했다. 1943년엔 최초의 탐정소설이라고 불리며 후세에 큰 영향을 끼친 〈모르그 가의 살인사건〉과 〈검은 고양이〉를 발표했다.

그리고 대표적인 시를 다수 수록한 마지막 시집 〈갈까마귀〉를 1845년에 출판했다. 그 후는 건강이 악화되고 창작력도 쇠퇴하고 만다. 그는 지나친 음주 때문에 직장에서 자주 해고되었는데, 술은 결국 그의 파멸을 초래하고 만다. 1849년 10월 노상에서 혼수상태가 되어 발견된 채 의식을 회복하지 못하고 결국 40세의 나이로 사망하고 말았다.

의문의 죽음과 같이 포우의 일생과 문학은 수많은 전설로 수놓여 있다. 특히 그의 일생을 결정지은 모친의 죽음과 영향으로 어머니의 대체적 존재를 찾아 여러 여성을 전전하기도 했다.

여성 편력은 아내 버지니아로 귀결된다. 14세라는 어린 아내에게 그는 일종의 플라토닉한 신성한 사랑을 바쳤다. 그들에게서 자녀가 없었다는 점을 지적하며 부부간에 남녀관계가 없었다는 설도 있다. 그런데 버지니아도 원래 허약한 편이어서 1847년 24세로 사망하고 만다.

포우의 상심은 너무나도 깊었고, 이후에는 술에 의존하는 생활을 하다가 2년 후 사망한 것을 연관지어 보면 버지니아는 문학적인 의미로나 육체적인 의미에서 포우에게 목숨 같은 존재였음을 알 수 있다.

그는 시, 괴기소설, 추리소설, SF소설, 모험소설 등의 문학 작품을 남겼으나 동시대 미국에서는 그다지 인정을 받지 못했다. 잡지에 소설이 게재되긴 했으나 수입은 보잘것없는 정도였다. 그러한 빈곤이 아내 버지니아가 병으로 사망하는 원인이 되기도 했다.

한편 동시대 프랑스에서는 보들레르에 의해 포우의 천재성은 아낌없는 찬양을 받았다. 그러한 격찬이 미국에서 포우의 낮은 지위를 바꾸진 못했으나 순수예술, 순수시의 창시자로서 포우는 이후 프랑스에서 오랫동안 영향을 끼쳤다. 그리고 일본에서도 그의 추종자가 나타나 히라이 타로라는 소설가는 필명을 에도가와 람포라고 바꿀 정도로 포우에게 심취했다고 한다.

그가 영향을 받은 문인은 바이런, 찰스 디킨스, 앤 래드클리프, 나다니엘 호돈 등이며 그의 영향을 받은 작가로는 샤를 보들레르, 오스카 와일드, 도스토예프스키, 로버트 스티븐슨, 코난 도일, 줄 베르느, 호르헤 보르헤스, 스티븐 킹 등이 있다.

Poe 명언록

- 시는 언어로 미(美)를 리듬 있게 창조하는 것이다.
- 친구와 적을 비판할 때 나는 용감하고 엄격하고 완벽하게 공정하다. 어떤 것도 나의 의지를 바꿀 수는 없다.
- 모든 종교는 내 친구인데 그것은 그저 사기(詐欺), 두려움과 탐욕, 상상력과 시(詩)에서 생겨난 것이다.
- 위대한 사람을 깎아내리는 것이야말로 범인(凡人)이 위대성을 갖추는 손쉬운 방법이다.
- 내게 시(詩)는 목적이 아니라 열정이었다.
- 사람의 인생은 행복하다. 왜냐하면 곧 그렇게 될 거라고 기대하기 때문이다.
- 돌이켜보면 진실한 철학은 언제나, 진실의 대부분은 부적절한 것처럼 보이는 것에서 나타난다는 점을 보여준다.
- 즉석에서 어떤 것을 잊고 싶다면 그것이 암기해둬야 할 것이라고 메모해둬라.
- 나는 인간이 완벽하다는 믿음을 갖고 있지 않다. 인간의 노력이 인류에게 이렇다 할 영향을 주지 못한다고 생각한다. 사람은 6천 년 전보다 더 행복하지 않고 더 지혜롭지도 않고 더 활동적일 뿐이다.
- 필요할 때 겁쟁이가 되거나 그렇게 보이기를 두려워하는 자는 진정으로 용감하지는 못하다.
- 단순한 인기가 장점의 적절한 시험대라고 간주되는 경우는 별로 없다. 그런데 시를 쓰는 것이 바로 그런 경우다.
- 어리석음은 잘못된 생각을 하는 재능의 일종이다.
- 백년 사랑도 1분의 증오 속에 잊혀 진다.